BR INFINITA

Robson Côrrea de Araújo

BR INFINITA

ILUMI//URAS

Copyright © 2008
Robson Corrêa de Araújo

Copyright © desta edição
Editora Iluminuras Ltda.

Capa
Fê
Estúdio A garatuja amarela
sobre foto de Robson Corrêa de Araújo tirada em 18 maio 2006,
Canon powershoot SD600.

Revisão
Ariadne Escobar Branco

(Este livro segue as novas regras do Acordo Ortográfico da Língua Portuguesa.)

CIP-BRASIL. CATALOGAÇÃO-NA-FONTE
SINDICATO NACIONAL DOS EDITORES DE LIVROS, RJ

A687b
Araújo, Robson Côrrea de
    BR infinita / Robson Côrrea de Araújo. - São Paulo : Iluminuras, 2008.

    ISBN 978-85-7321-291-4

    1. Romance brasileiro. I. Título.

08-3743.   CDD: 869.93
                             CDU: 821.134.3(81)-3

01.09.08   02.09.08   008482

2008
EDITORA ILUMINURAS LTDA.
Rua Inácio Pereira da Rocha, 389 - 05432-011 - São Paulo - SP - Brasil
Tel.: (11)3031-6161 / Fax: (11)3031-4989
iluminuras@iluminuras.com.br
www.iluminuras.com.br

ÍNDICE

BR INFINITA

Capítulo 1
Marcado

Capítulo 2
Imagens

Capítulo 3
A viagem

Posfácio
Antonio Vicente Seraphim Pietroforte

Capítulo 1
MARCADO

Vou escrever bem escrito, o sentido do rito, um branco onde é servido o ritual, uma trilha que faz seguir olhos, sem parar e tomar fôlego no caminho, rumo a milhares de imagens desconhecidas.

O caminho para dentro, as revelações, as identificações vão surgindo e desaparecendo, ora guardadas em gavetas secretas, para serem usadas involuntariamente, como bem surgir, ou mesmo reaparecerem com outra roupagem, ainda fragmentadas, deturpadas, mas sempre um acúmulo sem esgotamento, vontade, prazer, ódio, desgosto, raios inesperados, que chegam e impõe o ritmo, a veia será seguida sem titubear, rumo a vida sem nenhum escrúpulo, apenas a vida, vida em qualquer lugar, vida até na morte.

Um grito diz alto:

— Estou vivo!

Façam o que bem entenderem, jamais vou desistir ou passar para o lado do mau, sou e serei sempre o remédio, a cura, para todos os males, o veneno. E este meu brinquedo, este meu quebra-cabeças é composto de infinitas peças transparentes e lúdicas, o jogo individual, a árvore que dá frutos únicos, com folhas que nenhuma mão sentiu todas, nenhum olho viu todas as nervuras, ou jamais foi tateada em toda a sua extensão, árvore que só o vento sabe, só a água sente, só o fogo consome. E quando caem as folhas dá o húmus para novos brotos, quando apodrece vira alimento para larvas, que serão borboletas, quando é queimada dá asas a pomba em vôo triunfal, vôo de não mais precisar pousar, a curva sem volta, o cair sem solo. Isto é, o infinito da luz, o impossível, sem negar sua própria existência.

Deste eixo que faz rodar planetas, com o dedo neste interruptor, posso apagar estrelas e acender novas galáxias, daqui deste leme, rumo para onde bem entender, no ritmo do meu corpo, na respiração dos meus poros, canalizo o ar e sopro a maior flauta composta só para mim, em música das esferas, em matemática dos fractais, na geografia do campo aberto, deito, e sou coberto apenas com o manto das estrelas. E agora que estou calmo, estendido sobre pequenos brotos, que coçam as minhas costas, olho o azul: e vejo, que eu, sempre eu, fui e serei o branco absoluto, branco que foi pouco a pouco sendo impregnado, manchado com estas formiguinhas, que passaram por aqui, que passam, e por certo, sempre vão passar, e deixar restos, fragmentos, tijolos que vão sendo assentados na construção da voz, nos pigmentos da imagem, e por último, a pergunta crucial:

Quem está vendo, quem ouve, quem fala, quem escreve?

Capítulo 2
IMAGENS

Pastel gazela lépida passa espantada

passarada Piso leve então paro encosto a arma na arvore e cheiro uma pitada de rapé vida que não vivi sonho que não sonhei, filme que não vi Deixo a arma e volto para casa sem ter matado sem ter atirado, natureza morta Não vou ficar falando igual a todos, agora só falo com imagens com som de entrelinhas a verdade vale todas as vidas Pergunto pois ela não se move, não é energia, não é substancia não é dura esta fixa olhando as ilusões desaparecerem, pensamentos vem não ficam vai vai ficam não vem o que fica já estava Composição os ossos destroços do que foi edifício a carne alimento de mãos vazias de pegar o sangue seiva que volta sempre ao mesmo leito Bom aluno quase instintivamente vai nascendo o interior mostrando seu regaço as entranhas expostas ao vento para mosca pousar marimbondo picar. Vou colorindo com tinta espalhada dou novos rumos a cena capturada no espaço de 10 x 15 Dou o traço inesperado à cor sem combinação esmalte que vi pintar as longas unhas da Diva como espectador bem comportado o trabalho meticuloso das terminações nervosas que marcaram a minha pele Fora de controle estou ficando sem a disciplina necessária da manutenção básica negligenciando os cuidados médicos vou adiando ida ao dentista, ao médico organização do escritório e não limpo a bicicleta, não tomo o pulso, não vou a casa dos amigos, e tantos outros nãos, que é melhor suspende-los... minha vida de reticências, sou condenado pelas filhas, pela esposa, pelos amigos, pelos companheiros de trabalho, pela mãe, e todos os outros familiares: sou o mais negligente de todos que conheço, e se de repente mudar, e fazer tudo como querem, o que será que vai acontecer? Serei elogiado por todos, serei respeitado por todos? Escrevo só para lembrar que poderia ser diferente, mas não tenho o controle de ninguém, e como o robô do perdidos no espaço, grito: perigo perigo perigo, exclamando; na toca, ai! - Outro dia estive lá na toca do bafo de onça, ele tem um novo plano, ficamos lá como bons meninos, sentados ouvindo o plano (que parece não ser mesmo do bafo e sim de uma nova hiena que esta agora ao seu lado) infantil, algo meio americano, confesso que estou meio desatualizado destas novas histórias em quadrinhos, mas dei toda a atenção ao bafo e a sua hiena, afinal nada como uma visita de época a um parente distante lá nos cafundó do interior, né!? Os rostos, do bafo e da hiena, não me saem da lembrança, foi tão impactante que pedi até para o tim tim tirar os óculos, pois a luz estava maravilhosa, e ele estava perdendo o melhor da cena, acho até que vou voltar o ano que vem, para uma nova visita faz de conta. A rata vestiu pele de super herói e num triplo salto, nadou, pedalou e correu. Jurando ser alta, bonita e inteligente, quando bastava deslizar, girar e passar. Falatório: tnt neles, sem defesa, detonando o explicar, tnt neles sem vergonha, contra argumenta a terceirizada, picada de cobra, alusão a palavra recortada do programa anterior, inserida para ser impressa na expressão, encardindo todo o branco mal lavado, e estendido no gramado impecável, no monumento do poder, sem terra, sem pressa, sem ilusão, brinco só então. Ninguém quer brincar comigo, com o meu brinquedo, mudança em trajetórias de um falar diferente, ninguém muda o seu quadro, desmonta suas rodas, e faz o percurso do parque da cidade, sem tomar o tempo, vira uma hora em contemplação absoluta, da estética ao ritmo, atacando enquanto pode, resistindo o tambor, estourando marcha, deitando na descida, para ver e deslizar no balão. — Vem brincar comigo araponga! As suas mãos falam melhor que suas palavras, se não os meneios de cabeça, e este nariz de bico de tico-tico, tudo indica o rumo que devo tomar, o vento que sopra palavras beneditinas, hão de conduzir-me a longitudes não visitadas, você que é ao mesmo tempo seita e investigação, vem até ao meu balcão tamborilar desejos e frustrações, apontando a saída dos que limparam o palácio, em busca de carne fresca, na esperança da deixa para a sua peça, ou quer ser o carteiro do poeta? Parte da salada, a herança das cores, quer tomar conta do branco do papel pensando ser terapia, não respeita o cromo, tão pouco o titânio? Se quer o alumínio do tubo de ensaio, a cidade projetada para ser moderna, ganha fractais caleidoscópicos, que qualquer um pode mudar, como bem entender, em gestos do bel-prazer. O meu limão Taiti fica cortado, esperando embalsamamento para amarelar e ser exposto como instantâneo curioso de um tempo qualquer do passado, coisa morta passado a limpo, aparato de pegar no laço rolinhas caldo de feijão, fogo pago, esticar no galho cordão de algodão, dobrado por vovó, sem pena ainda para voar, interrompia o vôo dos outros. Caminho mostrado por meninos sem asas, e logo abandonado para namorar e apaixonar, como um Romeu, e goiabada no lugar do sangue, estragando a segunda dentição, ser o primeiro a dançar, e não parar até o fim do baile. Dizendo a todos, que seria assim até o fim da vida, só que sem coluna não se dança, aparatos de nada servem, os fios, as namoradas, a dança, foram substituídos por passadas, pedaladas, nadadas, só resta a escritura, tiro de gigante. O olhar do policial também pode ser o olhar fotográfico. Quando as elicies estão por baixo e o instantâneo precisa ser capa dos sem terra, congela-se o helicóptero, e o crédito vai para quem atirou, perdendo-se assim mais uma caixa preta, nas notícias dos que fazem a notícia, só nos sabemos, que: em terra de gigante, santo de casa faz milagres. Dantes, muito dantes: -ok curral, Leminski está vivo, num gozo transcendental! ok curral, vamos ao mingau de hoje: Meche o fubá dos patos Poe um pouco de farinha do norte, e porque não o milho dos pombos? Misture tudo, até engrossar em ondas de quarenta metros, deixa as placas encostarem, e pode beber: a paisagem de sempre, limpa e transparente. Nada admirável. Era uma vez a era da vez, agora quem tem rês reza para são nunca tirar todas as duvidas do caminho da manada, que cega, segue em frente rumo ao matadouro, onde serão higienizadas, empacotadas, e servidas, em vitrines iluminadas, com suas respectivas etiquetas, com preços estampados como único titulo, digno de ser lido, científico. Ilusões em cada pessoa, verdades arrastadas por toda a vida, como suporte, motor para não enlouquecer, largar tudo e mudar, ir de encontro ao desconhecido, a ilusão de ser especial, útil, único. Enquanto dá os passos esperados, as decisões de todos, enquadrados nos costumes do mesmo país, dentro do estimulo da mesma força, ilusão, o leme de toda a canção cantada, encanto, sopro, vida, manifesto, incógnita. Qual o peso desta palavra engasgada no meu peito, e por quanto tempo ainda vou ficar a sós com ela? Era a resposta que gostaria de ouvir neste momento, em que escrevo a mim mesmo, me perguntando o que quero, e se encontrasse a resposta, seria diferente de agora em diante? Mas bem sei que não existe resposta alguma, que devo tela expulsado em algum canto, sem mesmo me dar conta disto, e que as minhas franquezas diante de decisões inesperadas, é mera proteção social, de algum tipo de moral que ainda insiste em me resguardar. Rotina, as palavras migram de uma veia secundaria, rumo ao pulmão, e são explodidas na trombeta alvorada, com raios de sol que cegam, e deixam apenas silhuetas macabras, dançando ao toque de mais um dia, devaneio. Caminhar não é suficiente, é preciso correr, girar, flutuar, escorrer, acumular passagens, voar então, só para os que tem asas, pairar asas longas, mergulho no fundo superficial, de cabeça, deixar afundar, poder voltar, e narrar caminho só seu, parar, e só olhar, saber que não foi a lugar nenhum, nada fez, outros virão para tanto. Dentro, olhos que não veremos, mas sei: sempre foi assim, sempre será, algo que quero enquanto não tenho, apenas enquanto não tenho, desenho desanimado. O bionicão me pediu para rodar um desenho do gasparzinho, o fantasminha camarada, deu até o tema de relações interpessoais negligenciada,

12

que achei grosseiro, prefiro trabalhar com as feiticeiras, madame mim e maga patalógica, que agora tem um primo da noite que já sabe fazer caldeirão alucinógeno, o pato mergulhão veio a tona depois de buscar um grande peixe no fundo do paranoá, eu vejo todos estes personagens pululando nos corredores, tanto a turma do gasparzinho, quanto a do brazinha, pedem patrocinadores para um grande longa de animação, que venha resgatar o humor de Tati, sem as alterações grosseiras da Disney, mas o camarada me chamou, para as olimpiadas do pateta, coisa que a turma do brazinha não fez, por isto: oh bionicão, não vou falar de casos de fantasmas, que me cheira a armação de papel marche, ou coisa que o valha, eu que sou apenas o cachorro do pateta, ponho a bunda dentro da casinha, e me escondo de vergonha entre as patas dianteiras, com apenas um olho de fora. Amenidades, assim mesmo tenho que continuar, mesmo não acreditando em nada do que dizem, ou fazem, talvez seja a parte mais triste, não poder mudar nunca o valor das coisas, já que o valor é o único objetivo da maioria, o valor de quem não tem valor algum, e luta por valores, tudo mais perde o sentido então, pois como posso acreditar que alguém que pede para ser sem ser, está querendo fazer algo por quem não acredita, nem no padrinho, nem no afilhado, ou ainda quem não respeita a fila, e vai direto ao caixa sacar a grana, na frente de senhores e senhoras de idade avançada, não respeitando os que já estavam? Propaganda, o ouvinte quer saber se o locutor pode dizer, algo que não foi mandado, algo que realmente pense, sem esquema, se a imprensa permite informar sobre coisas, que farão os ouvintes felizes, capazes, independentes de toda esta doutrina do medo, todos queremos saber, não do sabido, mas um saber praticado, útil no dia a dia prosaico, exercitando o erro, praticando o que aprendi, cheguei nesta prosa sem graça, incomum. Onde antes era puro espanto jovem, hoje é cerne, aroeira. Vermelho que conduz esta haste de plástico rumo ao desconcerto, sem um fiel escudeiro vou erguendo os castelos, sem vendas, ou esperanças, que a alvenaria seja boa e dure qualquer quantidade de anos: Mata, cerrado. Matiz queimada. Mata camuflada, escondida no fundo da terra, fotografia colorida espelhada no reflexo do óleo, acrílica mistura, quente, fria, contraste caótico da diversidade instalada, cio constante mel torto, raiz profunda horto florestal, jardim botânico, escola fazendária, sextavado. Quantas flores pousou, até uma colher de mel? Qual arquiteto planejou hexagonalmente o favo? Interrogação não cabe, quando vôo sem brevê amarra doce vida, ordem rainha mãe natureza, construindo meticulosamente favo espera mão, prensa vidro polido, vasilhame aguarda invasão duradoura, caso homem não visse o ciclo se completaria, mel seria entregue na residência pela rainha, uma boa ferroada aguarda mão travessa, sabedoria esquecida dor conquista prazer. Quantas cores voou para longe deste texto, que queria ser um poema melado? Ocorrência, as abelhas do carneiro tem direito a moradia por tempo de serviço prestado à esta instituição, por isto, uma equipe especializada foi trazida no sábado chuvoso, para o devido resgate, assim designamos o agente mendonça para acompanhar toda a operação, e estamos esperando ansiosos o relatório, que será passado a mulher barbada, caso dê mel, este será levado até a creche do morais, alimentando assim as crianças desamparadas de todo o doce desta vida. Pronto, o mendonça acaba de chegar com seu bocado da caça, é um favo de aproximadamente uma onça, dei uma dedada, e é realmente mel, foi tudo filmado e documentado, com testemunhas, será enviado relatório completo aos anais da ecocâmara, um martelo perfeito para pregar e arrancar pregos de aço, é esta a assinatura escolhida por mim, onde quero deixar o buraco, a ferrugem do tempo, ação da minha penetração calada, sob-encomenda, as frases prontas em cima da mesa, são camisas coloridas, prontas para serem vestidas, e sair por aí em busca de elogios formais, foram feitas com retalhos de sobras de outras camisas, todas encomendadas, com estilo próprio para aventuras premeditadas, em lugares descolados, com turma escolhida em repartições absolutas, para além de um desempenho projetado na tela do micro, só não foram compradas comercialmente, porque são mais caras, mas quando se conhece um escritor na periferia, que não é nenhuma celebridade pública, podemos então encomendar, na cor que bem entendemos, no pano da hora, e desenho próprio, damos um cheque pré, e um sorriso canabis sativo: É, muleque! Passaporte, o rock língua que não fala sente batida, pedrada rolando na vitrola da adolescência, o rock dança corpo linguagem sem significado sem significante um compasso primitivo Quer provocar o corpo Dê um pouco de rock in roll uma dose importada da Inglaterra, ainda gosto de jogar pedras bater tambor distorcer palavras enchimento registros de paginas inteiras biblioteca de listas telefônicas armazenamento de idéias preguiçosas um atentado contra homens de língua afiada cuspes nas caras de todas as idades futuras e passadas o presente de grego sem nada dentro pastando Olho reflexo de céu e terra limpar o resto expor ao relento sem ter público que saiba o que esta vendo um público impublicavel indignação Talvez sua estadia aqui seja um tripé na terra vermelha de frente pro cerrado cidade linha do horizonte chuva que molhou sem alterar a aridez do solo ou o torto das arvores um tripé recolhido às tabuas de ipê com resto de barro nas pontas que não ousei limpar depois que vi sua passagem difícil seu não mais poder voltar como querias espero ver também embarcar o tripé no vôo de despedida restando talvez a geladeira vazia no ateliê desorganizado do artista sem repercussão possibilidades borus estive pensando se o borba ligar pro romilton contatar o umberto este chamar o wando que trará fernando com novato e tarcisio somar zago na lista infindável seremos todos chefes um dia em alguma dimensão Por outro lado nem um nome será indicado por nenhum padrinho que não tenha feito o curso de batizado na igreja católica apostólica romana e nem pense em me dizer que isto não é possível pois não é possível é o nome de um matuto que o gisnei deu uma cotovelada na boca do estomago durante o aquecimento da corrida do soldado em Patos de Minas e ele disse não é possível sou eu mesmo desgraçado sujeito oculto quem apostou em mim perdeu uma onça do resto de onça noção absoluta em conto primário afinal pagaste o quadro sem leva-lo vovó fala que sou levado, quem não é afinal O rio é sujo durante a chuva helicópteros com peito chiado se levam brasas mostram filé os espinhos são esculturas de Picasso as formas da bolacha champanhe feitas de lata de óleo cortadas com tesoura pássaro b&w sei de críticos e artistas sou da segunda categoria amador Destituído de qualquer profissão conquisto através do pensamento não em conversas de pé de ouvido mas nas 64 casas a cavalo das torres distancia montanha igrejas menores bispos com olhos vermelhos peão rodando sem perder o centro a rainha sempre ao meu lado pronta pro sacrifício em nome da vida vou soltando lastro acabarei nu como cheguei é preciso continuar andando pedalando nadando Maia sempre me espera na sala ao lado sentaremos é sempre uma visita como outra qualquer roda traseira imperceptível mal tocando o solo cavaleiros lisérgicos mas a mesma aventura de cavalaria Contemporâneos que desenho é este que vem dizer toda uma síntese do que você é sem precisar forçar nenhuma porta Nem toda enxurrada de palavras traduziriam melhor a sua trajetória com brilho economia e precisão Foi melhor do que qualquer surpresa em fim de piada a organização do pensamento no silêncio circunflexo passeio o olhar vamos desenhar soltar a linha que o vento está do lado esquerdo do peito batendo no melhor sentido possível vou encher varias paginas até elas me amolarem, aí corto um poema pra ti em fatias bem finas asceta pai arco acorda meu barco margem a margem busca-pé de vara erro infantil levantando a saia barco espiriteira navega na bacia aluminium infantil reticências toquei a esfera na ponta do dedo antes de escrever tinha tinta passei a ponta na carne sujando de tinta o corpo respondeu risquei a extremidade em busca do corpo do poema gozado este cara ele estava escrevendo um lindo poema mesmo antes de termina-lo soubesse fim não começaria a nascer para a morte se morro no fim não brinco Gosto dos seus desenhos eles estavam lá na mesa de centro nas paredes todas com o seu traço que eu não conhecia pois daquele primitivo de vinte anos atrás não tinha ficado nenhuma impressão de nada pessoal hoje sei do meu amigo tonhão um artista consciente do seu traço integrado ao espaço central deste oeste monumental eixo desorientado de qualquer crítica que não seja o elogio da loucura de uma Brasília vista revista com o nanquim lápis colorido de todos os ângulos e blocos possíveis foi uma linda visão palavra rebelde Feliz é o natal que nem sabe o que é natal eu que sei tenho que conviver com toda sorte de falsidade mas como esta também não sabe o que é falsidade vamos torna-la verdadeira através de uma campanha com quintas intenções doe sua função ao primeiro bobo que aparecer feliz da palavra que não sabe o que significa se soubesse se recusaria a ser escrita confim não posso me confraternizar com freira sou filho único meio irmão dos meus irmãos confrade muito menos pois não sou anglicano nos suportamos por sobrevivência esta ciência mal estudada pelos poetas mas fiquem tranqüilos pois toda revolução é transformada mesmo em mercadoria barata, quem quiser um gibi ainda tenho alguns do pateta da madame mim os do tio patinhas dei pro meu compadre combate na tv bombástica frase esta que detono na página que invento sopro a brasa vem cinza nos meus olhos e quase não vejo a língua de fogo crescer novamente sem controle final posso explodir as margens implodir o centro mas pelo menos iluminei por um momento o túnel onde por certo dormirei mais uma eternidade não foi nenhum cogumelo em país estrangeiro talvez apenas um festim seco pra pegar peça em homem malvado e saber que o coração do mau também dispara Interruptor bati o prego na parede aquele que a dona Filomena prometeu bater e nunca bateu bati entre o desenho e a fotografia finquei opinião de não fazer nada que não seja eu mesmo quem fez o prego assinou por mim a intervenção colagem quem quiser que venha arrancar sem estragar e dar o contexto de entendido ao que esta explicito nas paredes da minha memória tátil, represento o lápis extensão dedo tocando o corpo cego diz anatomia não estudada mostra movimento vida treliça, tabuleiro de luz casas brancas nas duas extremidades impossível jogar sem a dualidade não tem arte repetição da arte que dure mais que arte novidade iluminando um mar de infinitas possibilidades primeiro então o traço depois a ousadia de riscar do mapa o país que queria ser divisor de águas desdenho os desenhos vão para as paredes no lugar de quadros que não dizem nada quem quer saber de pintar a beleza que não é sua a linha ainda é a melhor ligação ao pano de fundo melhor que a cola melhor que qualquer técnica que não seja a sua é com linha flexível que estico e corto o rabo do corvo e deixo a tesourinha voar desajeitada no cerrado plano inclinado da minha construção lixo texto que ironia se substituíssemos o pombal por um moinho de vento e deixássemos o mudinho contar o conto da praça a fundo talvez usássemos os vidros bonitos das garrafas de vinho caro que os meninos da cidade já beberam nesta praça, para construir uma cabana à lá lixo, tipo a cabra de picasso degrade casa da flor abrigaríamos assim todos os desgraçados que por aqui um dia passaram me perdoem não quero mudar a linha do lugar mas será que um jumento não substituiria os candangos um jumento feito de petite sensation o concreto em cortina branca sanfona com fole esticado ao maximo rígido duplo tem como duplo fundo o tapete o gramado verde o céu o painel as plantas ornamentais os ministérios em torre escrito sobre mármore branco piso o mármore negro reflexo as meninas são da limpeza esfregam o vidro e o chão lá fora os homens inundam os espelhos d'água dentro limpam o jardim de inverno que inverno Se fosse naïf não seria tão duro os mastros distorcidos talvez pelo álcool que as meninas acabaram de passar nos vidros fecho o livro e deixo as vistas tremerem nas ondas do espelho d'água no reflexo em ondas da cortina branca refletida no salão negro procuração somos a linha do preto e branco um cinza areia movediça vocês vão entrando lentamente e quando percebem já não podem mais sair do buraco negro o fim da luz a insustentável profundidade superficial o obstáculo oculto da persona ler é saber viajar com os outros para destinos nunca programados ir de encontro ao desconhecido perdido em um vôo suave e retorno mais forte ler lidar errante rodopiar corpo e espaço voodoo macumba magia negra reza benzedura magia branca filosofia religião seitas ou qualquer coisa parecida com tudo isto faz parte da vida da maioria dos homens deste planeta e as técnicas e os padrões são exercidos pelo exército de servidores deste regimento que comanda o modus vivendis Se busco então a não técnica o não padrão limpo de qualquer traço anterior não posso ir mais longe que a minha ignorância e mesmo uma suposta originalidade vai esbarrar em toda uma formação espontânea que quer queira, quer não está no acúmulo e no cúmulo de qualquer um portanto vai sempre revelar ou esconder quem sou onde estou mas nunca de onde venho e para onde vou ou porque foi dada a largada mas se escrevo nego toda esta consciência não tenho a verdade talvez nem a busque sou sim o dandi das letras me exibindo para poucos que ainda se dão ao trabalho de ler passos dançados com corpo duro torto alquebrado pela jornada larga É mais ou menos deste palco que ensaio o balé clássico sem sapatilhas sem segunda pele e quero flutuar tirando todo peso do corpo e sentindo queimar toda a minha essência assistindo eu mesmo toda a movimentação possível desenhando o desequilíbrio no ar cinema novo aquela estória que mataram os pais do sujeito e depois ele cresce e aparece forte preparado para matar o cara que matou seus pais parece que os americanos não cansam de conta-la e tem outras semelhantes todas floreadas com ação sexo dinheiro tecnologia e astúcia uma produção com atores consagrados diretores enquadrados no padrão americano gostaria de ver filmes que vão de encontro a tudo isto filmes americanos com criatividade uma visão alternativa do cinema norte americano, ou será que tudo que aquela gente faz tem que ser grande dar dinheiro etc lá toda a população esta mergulhada até os cabelos nas mesmas neuroses no mesmo ir e vir do formigueiro não acredito deve ter pessoas interessantes que não se venderam ao mesmo estilo de vida da maioria e a pergunta é como falar com eles como falar com todos os cidadãos do mundo os humanos que gostam da vida fora de padrões longe do progresso desenfreado da globalização babaca sem palavras o poder através da palavra não me interessa muito menos a competição da palavra assim só escrevo para gritar contra qualquer forma de controle contra qualquer técnica ou mérito por escrever escrevo o que vem e quando não o buscar no fundo escuro, o que resta ainda de mim que não vocês que ainda não foi totalmente usurpado de dentro do tubo será que passei pelo laboratório de fazer personagens e não vi este personagem que represento hoje, não foi propriamente o escolhido mas são assim os diretores nem sempre podemos escolher a peça também não seria esta o que também não diz nada e quando vejo o palhaço entristecer perder o motor e não criar mais lá vou eu com novas mascaras, representar o mesmo papel olhar vocês sentados aí em cima e os que estão em baixo e não ver nada que não seja a minha cena, esta sina de ser artista com brilho ou não alinhavo agora, quero linhas traçarei perspectivas completando assim a cidade ideal de um ponto de vista único onde o observador dispara no alvo nunca atingido por ninguém um prego no meio some o ponto de fuga indesejado e fixa arte e instantâneo sujo noturno faço acender luz mudando as cores arrastando os corpos e infinita liberdade conquistada em brincadeiras de roda em trocas de figurinhas e bate latas ao léu e ao pretenso artista que diz devaneios digo sou o mesmo menino com brinquedos novos em brincadeiras antigas darei então a cidade as esquinas repelidas acenderei o negro o cinza o amarelo acentuarei os pontos prediletos e descobrirei novos pontos marmotas tintura cataplasma pintura fruição brasília aguarda a chegada da primavera de asas abertas corre em seu bico o ar seco só o ipê amarelo sorri de tudo tempo perdido todas as palavras em cada cena deslizam lentamente câmera registro de uma época esgotar a linguagem no roteiro perfeito dos costumes todos os sentidos expostos na vitrine para quem puder comprar lentes completas com efeitos e padrão vinhetas e filtros na hora certa o sexo o dinheiro a arquitetura a música e as cores de todas as paletas solidão escolhida para ser de toda a humanidade um volume a menos pesponto as linhas do tecido já estavam no algodão antes de serem rodadas para fio escolher cor passaram no dedo rústico guiadas ao carretel esperando o dia de serem exprimidas em véu um leque mortalha de volta a terra adubando a flor o espinho de furar dedo de moça que casou com outro cascas superfícies aforismos fora os modismos de toda hora ser marco aurélio sem campo de batalha ser confúcio sem integridade pensamento fora de momento passar o tempo com damas de cem casas um clic no botão dois nos ícones e assim vamos pulando de casa em casa reticente a poesia vestiu terno assinou ponto e não ganhou gratificação fez concurso e não é afilhada de ninguém ela é da casa da rua do parque do serviço público mas não é moça de família é puta que não se pode pagar saiu sumiu sem deixar recado e volta hora que bem entender mora no visinho do lado mudou de nome fala diferente esta na música disfarçada na arte de vanguarda virou comercial de carro importado jornal coluna cruzada gravata nó estávamos falando de que mesmo eu comprei eu tenho eu vendi eu fui eu sou eu comi são ternuras gravatá lápis lazuli uma cor sem nome uma fruta do mato um contacto corpo nu ao cordel impacto sua bunda contra o cacto o abraço nu de lampião no mandacaru maria bonita acordada entre a mascara sais de prata lamparina chaminé negra manchando o chão do sertão chibata rapé mil rés de repente a falação árida na rua feira feriado referendo um sim um não talvez minério os charlatões vem a cavalo das minas vender urina para curar passadas repetidas com as costas cheias trazem o produto pronto dizendo que foi milagroso na idade média eles estão de plantão com seus rótulos auto-colantes produto para qualquer vasilhame lhes dêem crédito e verão sentarem a mesa e falarem da realeza com apetite voraz são canções querreres não é suficiente passarim lhe tocou madeira não deu fogo carcará não puxou umbigo banda sem dobrado travessia solitária pérola negra cinza guarda belo desgastado disparada desagradável alegria alegria triste nem todas as canções lhe fizeram bem morte americana che guevara the end coivara que fim governará mãe todos os olhos de um cabelo desgovernado estampa camisas populares negro olhar direção contraria contramão financeira nova revolução outdoor que dor camiseta que cor revista que flor literatura que amor filme que foi peles dos que fincaram raiz vidro que guarda na prateleira a pesquisa superficial há de guardar a pele daqueles que não falaram nada e por isso são cortados para servir de suporte ao mundo artificial daqueles que colecionam o que não viveram colecionadores de cabeças hei de colecionar peles de luz e água ar e fogo assim a mariposa cai no tapa do jornal do guarda procurava luz morreu estapeada por jornal velho dobrado palavras que não fizeram voar interrompem o vôo noturno ninguém quer ver vôo que não seja seu sassaricando diante de nossos olhos que não podem acompanhar em câmera lenta guerra hi-tech craft craft craft faz a traça no papel estava em silêncio mas não estava ausente os olhos e os ouvidos bem abertos detectavam o perigo de não poder calar mesmo quando não se é ouvido as conversas do cotidiano parecem necessárias mesmo quando não levam a lugar algum e se você não tem voz pensam que você perdeu a razão se sentem a vontade para deturpar a situação nunca querendo reconhecer que você deixou de falar porque já não era ouvido no jogo das vozes será que é palpável uma gravação os gritos não contem ais as copas das arvores sem paus apontam o céu de ouro enquanto as espadas mancham de azul o rio da vida o galho da goiabeira estica o laço bambu aponta pescoço pau pereira bodoque atiradeira freio sangrado óleo na pista bote tocaia espera quem tem arma não atira quem escreve não fala e todo santo que não sujou os pés nem as mãos por certo não pisou a terra o fogo que não deixa cinza nem negro mata melhor que tiro de canhão assalta dentro da noite sem nunca ir preso o cão de guarda japonês o monge marcial chinês em silêncio derruba um exército armado até os dentes as mãos dos velhos empurra o tigre apenas com o vento

referendo onipresente sem estilo para não agredir ninguém longe
do poder escape a mídia verso caminho difícil onírico passaporte
embarcação incerta ida prometida interior que amarra protelando
segurando o ritmo as vezes caço entre a forquilha o alvo de impedir
vôo e sinto cheiro de mato descalço fruta doce desconhecida quem
quer quebra nozes dou vozes quebradas pensamento atormentado
desvios variantes pois o homem só é bom até irmos a sua casa
esta língua preciso sim de couro para fazer dois furos nas
extremidades passar uma borracha em cada um deles e estende-
las até uma perfeita forquilha de onde verei o alvo tudo amarrado
com cordão de algodão mineiramente para os meninos de são
miguel rirem do neto da mineira preciso de couro na bunda para
poder cair varias vezes infinitamente cair preciso camurça porosa
e generosa moca sim para ser índio índigo azul escorrido um blues
prum capitão aquele dedo de onça que ainda riscava a estrada era
só riso de hiena em busca de poema quando o ramo de oliveira
balançou nossos cabelos brancos hey man não brinque assim com
o blues ele é de quem queimou as mãos no algodão bateu
carrocerias e vagões nas veias por encher se um cavalo louco te
da direção não duvide pois é tradição dos índios de lá com luz
azul e mocassim macio pisando o telhado da sua casa a faca nos
dentes dê a partida homem e cante essa canção onde a pança do
sancho não deixa que o dom vá mais depressa assim ele deita na
relva para descansar folhas das folhas perdidas em correções bem
a sombra do guarda chuva da morte alucinar um pouco coisa de
quem leu muito e pode vomitar que o cão come e lambe a paisagem
fundida ao todo imaginário inaugurando dali gala balé russo rua
crime e castigo numa transfusão de sangue jamais vista que
viajantes de guliver ainda não comemos os bebês dos pobres que
cândido ainda não cultivamos nossos jardins e o nariz cresce no
boneco de madeira de lei nos encontraremos dentro da baleia
ligaremos nossos palm tops e sairemos no fantástico o show da
vida mão serpente encontrar frases encostar frases como bambu
umas encostadas nos pés outras na cabeça com o pincel japonês

escrever o verso em madeira verso madrepérola verso sino verso cachorro ao seu lado sempre do lado esquerdo o som natural dos grilos a luz natural sem flashs tudo de maneira que não fique nenhum resquício do lodo passado apenas verso em pé bicicletas soltas sem medo de costa sem medo carro de boi cavando estrada com gemido de madeira com madeira a autenticidade vai dar a luz necessária para iluminar o galpão do verbo passado luz de pau de fogo dos meninos da currutela viela banco lua fogueira férias você não gosta da derrota ou do escárnio a peneira de fubá deixa cair o ouro do alimento interior provaste jundiapéba viajem de trem ao encontro dos primos onde era seguro brincar escapávamos pelas plantações dos japoneses na caça de lagoas pássaros desconhecidos e frutas para adocicar a idade a noite depois da sopa quente com pão francês parecíamos ingleses na sala aconchegante abria a roda no jogo de víspara ou no cata varetas e a dama o campo de futebol da brasil viscoze onde vi pela primeira vez a velocidade humana arrancar grama explodir nos pés dos primos mais velhos gorete correndo gorete falando a calcinha de gorete onde esta gorete recatado caro du mont eu não trouxe a chave mas pulei a janela do seu olhar e assim li no seu lábio fino que o caminho não é caminho a pedra não é pedra e o meio jamais será metade é só andar e olhar olhar e andar incorrigível não corrija o meu texto já disse que ele é a doxa a escritura as borboletas que caem na pagina não tem correção o que escrevo o h não me pertence tão pouco o chapéu caiu na minha cabeça a natureza me fez árvore do cerrado não me adapto a academia só faço exercícios ao ar livre nada cientifico tão pouco oficial ou técnico magenta travestido de azul rio subterrâneo correndo da contaminação da superfície piscúa escondendo o diamante peão na palma da mão a minha caneta é bailarina que sem ser clássica ainda equilibra no meio fio do bairro suspira o trânsito do pó ao barro inclinada na sua diagonal mostra renda tecida na margem faz abertura total rodopia em priê cada segundo do relógio saltita do leve ao pesado deita em leito de morte a vida em passos desengonçados um leque no calor do teatro pés juntos mãos para cima unidas vira poste e ilumina o mijo do cão tripa dura e azul tange a música grave do pobre dançará um dia o trem caipira um dia ainda um salto sem chão vai alongar a tarde até o dedão deixar num rasgo toda a escuridão crítica peculiar é preciso ter dogville desenhado com giz no chão um fila tigrado levanta no final interferência americana portas transparentes separam a humanidade do bem e do mal a cidade pacata violenta tanto quanto a megalópole sem sair do palco vamos onde bem entendermos nas representações cotidianas de pessoas sérias com objetivos humanos redução o caso do padre amaro agora em filme queimado pesquisa ridícula estimulando o consumo o frenesi o ir e vir pois foi saindo da rotina que cedeu às tentações da carne ridicularizando assim a literatura em rodas terapêuticas americanizadas um pulo no bosque uma saída domingueira uma declamação afetada tudo para agradar o público feminino anunciando uma pseudo sensibilidade antecipada e todos aqueles que não são do ramo ficam encantados com carteirinha de florzinha e troca de correspondência via internet grátis crime e castigo star-star a estrela movediça de marinheiro de fragata leva a deriva embrulha até ficar mareado estrela rombuda pesada não sobe com cinco varetas fiz uma e debiquei com pequenos soquinhos descarregando toda a linha coloquei-a no chão esta miragem de estrela na verdade é um avião que leva magnatas rumo a ilusão rumo a um falso espião quem foi que colocou estrela falsa no firmamento só para enganar marinheiros de primeira viajem naufragou com a caixa preta a minha estrela esta na testa da mula sem cabeça na cor do burro fugido na varinha da fada madrinha uma estrela malandrinha canoa quebrada o caiaque nada e eu remo tremo em pensar lancha lars grael cai aqui cai acolá ninguém vê o poeta remar com pena de nadar caiaque de plástico vermelho me espera vou te comprar e deslizar no parque do pó ao pó para desobstruir as vias aéreas uso rapé ervas daninhas torradas e moídas aspiradas e escarradas em lavatório público vias aéreas desobstruídas espirro versos perplexos do cotidiano narigudo onde o poeta soa estranho às palavras da hora repartição van guarda vão os agentes pós-modernos diretos pro inferno mini van mono bloco todos estes passistas e só um passo can-can canção de pernas pro ar que renda que renda redevou sansão dalila são os versos dão as rimas associação um bom cão não pensa aço cia imprensa e companhia no latido dia a dia o ladrão que roubou a minha tia tinha empresa souza cruz fumou em barca no mississipe em blues no algodão doce palavreado quer uma palavra doce marmelada uma palavra azeda limonada palavra dura pedrada mole malemolência quer uma palavra negra caverna uma palavra branca luz palavra suja dinheiro limpa invisível nenhuma palavra não todas as palavras sim um palavrão nó uma palavrinha inconstitucionalissimamente e por ultimo a palavra rimada remo e não tenho tempo vendo demo e sim ouço fala vento aquela folha que daqui foi arrancada ainda estava verde espere amadurecer o efeito é mais duradouro nervuras secas contém sangue frio e apontam o caminho de volta ao asteróide do príncipe onde a rosa quer sair da redoma os baobás esmagar com dedos nodosos velho jeito de dominar espere cair a folha macere na ferida e espere a reação caso não empole pode ir administrando lentamente um pouco a cada dia sua corrente sangüínea vai fluir melhor sem entraves do objetivo pois quando se trata de folhas nunca sabemos o destino que irão tomar a não ser cair dar húmus para outras folhas e um dia entrar em desuso na lista da extinção do imperador dos sentidos ou a classificação de um método de ensino ultrapassado cobrador sem troco estas paginas de aço escovado escorre um fio de luz que leva a pequena abertura ao delírio do movimento marcado matematicamente para morrer em acabamento sangrado mate estes fios de cobre estendidos no caminho do poeta o deixa sem meta aparente e tudo muda nas ligações perigosas dos canais desviados do pequeno cérebro de golfinho o apito do trem chora fábrica cai tijolos de esperança de um dia ter partido para pasto limpo leite branco e pessoas arrumadas no canto da sala escova os dentes apara os fios fala direito não minta trabalhe estude mas por favor saia da estrada pois perigas ver a leitura de luz destemperado língua de trapo retalho manta de retalhos coxa coxão celulite almofadinha calça culote pulôver sobretudo culote camurça sarja gorjeta relógio de bolso não vê relógio de sol todo sol não sabe de lua pois lobos não querem cães ao seu lado atrapalhando vivos com latidos o sabido não é o sabichão ou tão pouco o sábio mas sim o sabiá que sem ser laranjeira bica laranja espanta peneira atenção agora todos reunidos vai ter festa com véu desfecho de trinca ferro arremedo de melro e o hino o hino vai ser entoado pelo sofrer um teco as vacas escrever chinês com xis até fazer chi-chi na cama com ca quem quiser que imite com nanquim e pena de galinha garnisé pois quem não mete ou late fumo e urina na brecha do prego cura sim padre nosso brasinha mora na filo sopinha um soco lá no cinema uma cama de gato no campinho empurra quem pode cai quem tem sofá nunca fui mesmo de ir nem de ficar sei namorar a rua e nadar na bacia bonachão bambu buana bem bum banboo booana bem boon bom bambu móbile anágua ao vento onde estão os gravetos de bailarina russa bambolê bole bole bolero erro nas pontas dos pés bom-bom bombachas bem bonito ficaria se bombaim não fosse berlim e eu pudesse escrever bunda é a lama de idéia simples fazer uma grande confusão fundir o bronze em uma única peça útil a nação dar forma ao cabeção em utilização mínima sem risco de comprometer o bom andamento do trabalho em questão ser assim o andarilho sobre a terra que observa o viajante sem mesmo querer saber para onde vai ter vergonha de si mesmo ao observar o cabrito assanhado que quer passar por homem de respeito querer dar forma a cabeça alheia sem mesmo ter antes parado para olhar no espelho o corpo que incha sem se perceber carambola o poeta ainda tem tempo para receber os curiosos do saber e ainda sentar e falar do ato de escrever dar livros receber desconhecidos o poeta tem um resto de esperança na cartola e faz a magia de soltar um passarinho e o menino volta para casa com a gaiola vazia porta de poeta velho não pode ser batida muito cedo com o peso de ser visto por câmara inconveniente não vamos poder brincar sem compromissos pois o poeta também tem os seus vícios e escreve sobre encomenda que pena precatar a comissão vai ser comissionada em comício de fazenda com direito a pescaria e mulher pelada se assim não for toda a instituição será destituída de suas funções comissionadas foi o jabor que falou e o presidente do clube mandou até tingir os cabelos que é para ficar parecendo bicheiro carioca vamos formar um corpo forte todos com cursos superiores com doutorado em oxford ou outro carro que sair boa montaria vamos começar com o quadro a angulação é de acordo com a especificidade um quadro de turismo é diferente do quadro de velódromo o quadro é como uma roupa feita sobre medida em alta costura com material de primeira destinado ao evento x os componentes serão japoneses ou italianos shimano ou campagnolo sendo o top de linha sempre o mais interessante shimano dura ace ou campagnolo record são peças de precisão verdadeiras jóias feitas pelos melhores desenhistas e projetados por cientistas do ramo testados em condições extremas com resultados garantidos comprar bicicleta na esquina sem referência é como comprar o primeiro carro no marreteiro tem que ser do ramo ou você nunca terá a gueixa com corpo italiano lhe servindo sem chiar maquinas depois daquela mosca zunir quem terá construído o galgo mais perfeito onde esta escondida a geometria e o melhor material para a sua construção sei que ainda somos primitivos na construção da melhor montaria na construção da melhor maneira de retratar a eletricidade os fractais os composites ainda vão nos fazer deslizar melhor colher de maneira inusitada a imagem do futuro reúnam por favor todos os conhecimentos e vamos fazer juntos a armação silenciosa de conduzir e fotografar como nunca foram feitas desgramado depois de ler toda a gramática ele ficou a derivar sem saber por onde começar o seu discurso gramatical com todas as regras a sua disposição resolveu então que usaria tudo de uma só vez em um único poema abriu um travessão de uma só machadada as lascas serviram de aspas e começou assim uma citação entre colchetes que acabou por molhar as pernas do m de muito resolveu por reticências e deixar a idéia respirar em entrelinhas no ponto parágrafo seguiu uma diagramação nada atual e acabou sem objeto direto cinco estrofes sem metáfora ou qualquer outra dita figura de linguagem e o ponto final não veio vôo interrompido sentei a botar letra no passarinho do outro letra não veio forcei a letra até ficar feio dei letra pronta pra blues alheio será que vai cantar o meu trem ou feio vai permanecer também passarim horizonte é belo e mineiro tem que piar até o mineiro tirar o diamante e gritar sou garimpeiro passarinho sem rumo voa bão é nas paginas de um tal de fernão em idade transitória que o vôo quer perfeição não sou de rima e nem estrofe quero estilingue sem culpa pedra de derrubar corvo um pouco de gramática assento banco perfeito virgula gancho capitão ponto espera derradeira dois pontos boca aberta reticências rumo ao desconhecido travessão flecha sem arco parêntese pensamento interrogação guarda chuva pra baixo exclamação i que caiu oração ação fora de hora objeto direto pedra de atiradeira objeto indireto pedra sabão sintaxe síntese de português resumo suco sem sumo abreviação breve sem aeronave aspas borboleta acasalando adjunto adnominal nome acompanhado sujeito suspeito periférico ponto parágrafo lugar cedido colchete parêntese chic ponto e vírgula nem um nem outro pontuação falta de música onomatopéia melro personificação loucura figuras de estilo estilo sem figurão interjeição quadro famoso ponto final pois não agüento mais guilhotina de isopor gatos abandonados no alto da construção em posição de esfinge marcam o que resta de nobre na satélite suja da capital que era para ser moderna na torre de babel os meninos perdem o sono articulando novos contactos passando o rodo com pano molhado tentativa de limpar o chão que pisaram e em defesa pessoal traço o perfil de gatos e ratos na silhueta flechada de projetinhos medíocres disparados por mãos tremulas e tendenciosas no cio indesejável telefonemas moveis costuram desordenadamente em pano de fundo segurar o osso é mais importante que vigiar a casa e as palavras são trocadas num cambio louco que não respeita o ritmo e não sei se vou ceder aos encantos da iara já que não li peri e prefiro um campo de nudismo na sibéria ou até quem sabe na suécia ilhado tribo faz igreja mostra cidade embaixo embaixada sem muros da volta dos ponteiros com dedos escuta tic canta tac com bongô e atabaque tributo longe do luto em baixo de roupas largas esta a linha do concreto armado passadas que nivela torre a esplanada no artezanato comercial setor se torre for babel destrói preconceito no beirute quibe aberto um pouco de limão leilão de palavras bêbadas ligação direta com fio por cima do capô do congresso partida acelerada rumo ao casebre vamos dormir no c.o amanhã tem pelada piscina de graça e o palhaço o que é mote as plantas do cerrado figuras escuras formam todo o simbolismo desta vegetação em esculturas naturais é preciso apenas colocar em evidência os desenhos prontos depois de uma queimada ficam ainda mais salientes saltando gritando pedindo para serem retirados para o mundo da arte deitado no gramado de brasília observo as cartas que oscar deu sem embaralhar a visão do trabalhador como bom pastor pode pintar de cinza mas é verde o gramado e o céu ainda é azul hospedes o tempo invisível da música em esferas lubrificadas o desenho do galgo irlandês felpudo e mal trapilho visão revista leitura da leitura anterior tratamento refeito apreciado ao vento com chuva e areia música brasileira e um pouco de chá verde com limão o bamchá de outrora quando o portal era pontal e o pão integral vinha em tijolos feito por longos cabelos surfistas empurrem o carrinho com água mineral façam rastros no piso sintético o plástico cobre todos os fluidos humanos o que era enxada é cabo de rodo a lata d'água balde azul de plástico injetável e o pano sujo nunca cansa de ser passado uma lâmpada fria ilumina o longo corredor ao som do zunir das maquinas de manutenção as pequenas coisas pescarias dos pobres me emprestem uma lanterna tem um velho barco amarrado a uma arvore o dono da fazenda é meu amigo trabalhei muitos anos pra ele quando tiramos o barco da água ele afundou as tabuas tinham ressecado mas tínhamos outro de zinco pegamos papa-terra piau traíra tucunaré e piranha há matamos um grande jacaré que comemos a metade lá e deixamos a outra metade para não termos problemas com o ibama acertei serviço com o dono da fazenda só estou esperando o recesso para lá trabalhar de pedreiro ganhar um dinheirinho extra se não fosse esta ferida no pé que abriu depois da carne do jacaré muito remosa tudo foi bom os companheiros gostaram vamos voltar igarapé esta escrito no rótulo da garrafa sanfonada azul com tampa azul escuro já foi minalba são lourenço e outras refrescantes fontes guardas na memória sub-solo ninguém mas bebe do filtro da moringa ou sabe o que é mujolo carneiro míssil útil ao fazendeiro das bandas de lá nesta missiva escrita em deriva leme pena de rabo porque então precisam ainda do tutano juta de boi carro trabalho levando e trazendo vital dia a dia o sangue derramado seria pergunta não fosse permuta dobrado contaminada análise sabotada do fundo licitado do liquido que lava a boca daqueles que irão dizer bobagens mentiras desrespeitando o escorrer-subir de água e fogo cadê o papel higiênico presente é preciso ser preciso para que não seja preciso reprisar o que foi dito mas se a questão é amizade realmente nenhuma precisão alem da honestidade do reconhecimento do cuidado dentro do coração ao vento grito d'alma toca em minhas cordas como nos galhos da floresta com dor ou prazer serei a corda da sua lira sou seu minnesinger contemporâneo dando-lhe a melhor versão do parsifal cru e obscuro canto nos corredores de mão em mão no que há de verdadeiro na historia da literatura o espírito conta o calendário não eis aí o meu próprio simbolismo floresce meu ipê amarelo e deixe cair suas flores amarelas nas asas deste avião tão fixo quanto a mão do velho desenhista o curso que faço tem a duração de uma vida e se é superior secundário ou primário ninguém poderá avaliar nem mesmo eu pois não anoto a grade não escolho as matérias não sei quem é o mestre já que ele muda conforme o novo tijolo que alinho à parábola em construção curso vida diploma morte faço de pedrinhas a calçada principal cada imagem pedrinha cada palavra pedrinha não uma mas todas as pedrinhas do meu caminho este mosaico repete pedrinhas mas nunca quadro o meu primeiro bem álbum de figurinhas tentativa infantil de coleção se transformaria em fotografia escrita luminosa dos meus instantâneos sem preparação atirei tantas sem no entanto ficarem presas no ar algumas colidiram com feitos de passarinhos num duplo interromper de vôo outras caíram em cabeças de crianças levantando o galo da manhã carga pesada transporte na boceta os dias amantes ao exterior a piscúa vai cantar triste aos misericordiosos acordando a rapezeira com o mágico pó branco não vale expirar vamos levar em papelão molhado todas as palavras relativas a ética e a moral pois no dito pelo não dito somos todos inocentes perante ao público leigo em princípios meios e fins assim continue transportando os resíduos em pequenos frascos nos pés dos pombos correios sobre rotas imperceptíveis na roça na cidade por cima dos arranha-céus tendo como único risco uma bala perdida que não saiu da esfera da minha bic alimentaremos suas aves com o milho azul trans-genético importado do tio rico na esperança metamorfose de que um dia fique tudo azul na américa do sul bio-tipos desenho atletas com estética utópica de carreira longa e inquestionável prontos para ganharem sete olimpíadas em duas modalidades diferentes estes homens e mulheres começariam a primeira vitória aos dezesseis anos e a ultima aos quarenta sem lesões ou falas contraditórias teriam corpos perfeitos de dois metros de altura sem pelos olhos azuis nos brancos com boca vermelha olhos verdes nos negros isto tornou-se uma obsessão para mim e venho modificando o desenho e observando os campeonatos e sei que antes da minha morte estes estarão prontos e vivos entre nós a vida imitando a arte na fala do outro faz com que eu creia não estar perdendo tempo pensando nestas pessoas que estão sendo construídas pouco a pouco com o que há de melhor em estética ação e pensamento entre traves as frases dos grandes mestres mensalão transformadas em piadas de salão na idiotice ecumênica vírgula reduzindo ainda mais a capacidade de pensar dos nossos consumidores ponto falsa inteligência a serviço reticente renitente daqueles que querem todos os seus empregados ao seu lado dois pontos ou três calado mas conversando ou vice-verso já que o titular é emoldurado e não entendido ponto final e a observação fica apenas para aqueles que sabem observar aspas as vezes pernas abertas nas frases brincando sem papai deixar o pensamento que fumou ao vento limpar tudo que já disse rasgar e falar agora sem ser coitado não ter dó ou mimado só sol derrubar toda a moral dissipar a ética afastar os valores que você não seja o vilão ou herói mas o que me ocorreu quando tudo estava calado na noite e vampiro nenhum viu pescoço não é poesia filosofia jornalismo ou qualquer outro gênero que queira tudo que alguém ainda vai louco fale bom dia seja formal os homens precisam ir e vir e tenho que jogar borboletas no ar um galo símbolo vários galos galinheiro palavras dos outros emolduradas em 1,99 amanheceu sem você um único corvo viu tira o sete nunca mais o símbolo galo trocado por verdades alem do horizonte vertical falsa asas partidas anjo caído o retrato quatro de paus ipê aroeira pau ferro sucupira tablóide arquivada solução para conflitos existenciais de ordem pessoal ou comunitário não há investimentos e o reflexo disso vai começar a se acentuar de agora em diante pontapé no armário trote pelo telefone bomba de mentira e pedidos de gratificações confirmado acordo financeiro entre puta tarimbada e padre liberal em um primeiro momento o acordo seria constituído por um pacto entre negociantes e neo-liberais de que um não meta o bedelho no negócio do outro segundo eles o setor não tem como planejar a próxima colheita porque o governo ainda não divulgou o plano da safra assim foi encerrada a última reunião daqueles que gostam de reuniões para permanecerem onde estão com ar de que tudo podem e nada devem teltronic a comunicação pessoal profissional me trocou pelo vale rio só porque ele parece com o chico mas quando emagreço lembro noel com queixo é claro faz esta cara de menino emburrado quer a estrela mas não sabe cantar star-star ou tão pouco lady jane impregnado de piedade pensa que me comove quando procura por rousseau sou blake quer gandhi sou nietzsche vem de maquiavel viro a página e volto voltaire gosta de laranja e caju prefiro banana maçã pedrada ou abiu maduro da embrapa sempre a mesma salada vou também ao vale e ao rio colher jade pois o boca de borracha não tem mais vinte anos e o thomas não pode ir mais de bicicleta ao escritório dis tri to fede ral aqueles que precisam de deuses e de leis para ficarem quietinhos em seu canto e nos que não precisamos nem de deuses nem de leis apenas o canto que pode bem ser recanto o refúgio de homens e suas crendices homens supersticiosos super-ociosos nada divinos estas maquinas de repetição incontrolável colocando outros filhos substituindo a instituição negando a intuição com medo de descobrirem lá dentro o cocozinho que somos enquanto não vôo não vento não fala a estes eu precisava mesmo de uma sombra pra sentar olhar nos olhos e revelar prata entregar ouro e deixar que sigam pensando que ganharam que são os melhores enquanto olho pelo retrovisor e vejo a sucupira florida que me dará sementes amargas para a minha garganta cansada de ladrar voltaire voltaire voltei rotina comprometida trabalho no teatro mas não sou ator faço som surdo é bum sim mas na caixa não de bomba artificial preciso render o buraco da onça pois a manutenção tem que funcionar depois do almoço me deixe passar rumo ao sub-solo desci direto pela porta principal peguei a quarenta e quatro e abri a porteira os trabalhadores já estavam sentados nos degraus fui até a copa buscar um café liguei o telefone e a luz de leitura como esqueci o livro escrevo a cena sem nenhum gesto a calça jeans passa adolescente entregando papeis sensuais nos corredores calados de tanto ouvir ficção cientifica comercial ordem de serviço sê comercial cordialmente sê dantesco infernalmente origem destino deposito no mar micro

34

cosmo com puta dor de bolso pátria companhia figueira do roedor vitória no país de gales vasco com celos e violinos foi minha ultima tentativa tudo que veio depois ou virá apenas jogo de xadrez arte de corpo inteiro com vidas comigo mesmo um olho no padre outro na missa e o terceiro na estética que passa e não precisa ser revista pontos e virgulas disponíveis nas paginas para serem colocados como bem entenderem na gramática filosófica do meu outro amigo alemão vinde vamos passar o tempo ele é de todo perdido rir da vida dos outros pensar que somos melhores encontremos um louco ele servirá de judas o tolo será nosso motivo gargalhemos ao dente a nossa razão de apontar é o melhor que podemos fazer já que não podemos ser iguais selenium sereno água morna tempero muito tempo e erro um relógio descartável colorido bolsos folgados para as mãos imagens fáceis ao deitar e o sonho cinematográfico onde tudo é permitido e ao acordar nem lembramos soma raça prometo o veio ametista pedra metida a canção jade outra da mesma mão perolas do mar de minas gerais as vezes no caminho outras mais diamante para jogar escravos de jó cristais ecumênicos e banais cascalhos para couros de estilingues matar corvo alem mar rubi uma um dia água marinha viu olho de tigre tiziu boca romã escarlatina a pele perola branca nariz pitangui belga os cabelos carvão mineral montanhas subconscientes esmeralda diluída em bananeiras tinta de pintar mata fechada com dedo longo pincelei a virgem imaculada ternamente divã pescador se não tivesse tantas minhocas na cabeça não precisaria pescar mas como tenho pesco este verso apreço qual é o valor de qualquer coisa o valor do real o valor da verdade valor sem preço valor do alaor aleatoriamente dou rumo ao poema que você não ouviu o valor senador tem muita dor o valor sabonete tem cheiro forte o valor deputado há que ser apurado numa apuração indiana gandhi e suas experiências com a verdade ou a minha vida se a minha vida estiver em jogo o valor será pago aos descendentes de duas rodas no dual slalon erro e acerto eu tenho um holofote negro que ilumina em infra-vermelho preciso inventar alguma coisa com ele diferente de qualquer utilidade pratica convencional fazer imagens com estilo próprio uma técnica impossível de ser copiada vou lavar este holofote bem lavado sem arranhar vou fixa-lo em uma tabua junto com uma câmera médio formato trabalharei em b vamos ver o que vai acontecer otimista meu holofote negro comprei de um papagaio grego sei que ele não vai falar mas vai mostrar imagens nunca antes vistas nestas terras áridas estalou a sua caneta anda titubeando e o que antes levava um minuto para ser escrito agora gasta uma hora não só a caneta também a bicicleta já não quer andar mais no trânsito só o carro parece ter aprendido e tem um fluir vital aquela turbulência que um dia foi chamada de energia e juventude hoje é gasta em fazer em organizar o que foi corrido se não fosse tanta preguiça poderia ser melhor fotografo escritor artista de seu tempo instala em mamona assassina bienal as palavras que barthes falou em movimento penso no ônibus de sartre estou nu até dijon assim como eles vão me vestir pediram meu bilhete sempre palavras na mesa nenhuma balança a suspendê-las caem estou avisando são palavras suas eu não tenho o bilhete placas letreiros cartaz vivem num mundo viva o nu mudo me livrei de um n não livrei não noutro lado da magia queria palitos pegando fogo letras surgindo em telas coloridas mingau ralo de notícias fragmentadas o falso do falso notas sem harmonia risinhos poses cursinhos esqueminhas dinheirinho fácil ir morar na índia ninguém quer né embarcação usar barra d'ouro na frase dividindo pensamento quebrando a maré linha de prata diagonal o lado do peixe voltado para a luz da tarde a nau vista do cais saudade de são sebastião coloquei pequena embarcação com recipiente de álcool dentro da bacia de alumínio movi toda a infância e o papel barco na enxurrada de palavras vai para o bueiro papel avião não retornarás protegido desde o início caminho antes de correr inteligível sou sozinho e não vou vencer o dragão pois gosto do fogo assino a sentença de enforcamento e fico com a moça no choro na sepultura afinal quem é morto quem é vivo a mosca as badaladas o cessar do martelo foice no vôo da araponga mas tivemos a ilusão de um dia aqui ter estado pernas longas barriga para dentro penas de garça plasmo o olhar tomo o chá sem saber para que vim antecipando o desgaste do material mais duro pó me ensinem a nova linguagem ou vamos juntos entoar vogais atonais desintegrar o átomo e provar que era tudo energia queres o domínio da ilusão carmem corra corrija-me corri com mercúrio para levar a mensagem sem poder dizer vencemos fui a marte e incendiei sete salas quero a sentença através dos olhos grandes clic zeeis atire para matar deixa eu me despir de mais uma veste no rodopio de mil facetas aperto o botão por oito ciclos queria poder deitar o oito e fazer a fotografia do infinito mas corrija-me em português que a pena percorreu todo o salão e não encontrou cabeça em que cair saiu e viu árvore iluminada com bancos de concreto por sentar vê se li diante do tempo vai puindo a asa dura até a película mais sensível escapa os rastros do sol prova que a luz é passageira assim meu amigo consegue filosofar com as imagens procurando a cidade ideal não sei quando toda a energia é canalizada na mesma direção a verdade se revela em sinais que podemos ler nos pequenos céus azuis do seu rosto eu sempre esperei estar com um deles estes imortais frente a frente trazê-los até a minha casa fico fazendo palhaçada adiando o real encontro até porque um dos seus conterrâneos já me falou da vontade de potência do super homem mas como é bom poder guardar a sua bagagem deixar descansar os seus tripés no meu ateliê empoeirado espero tranqüilo a volta do amigo ave césar por caminhos sutis movo peças transparentes cavalgo o budismo escalo cristianismo religo o trenzinho negro de hesse e saio do quadro em magia negra escapando de qualquer captura que não troca justa por caminhos sutis acima da sua compreensão esforço a lacuna entre pensar e escrever talvez seja a causa que separa o homem comum do escritor e ainda a do bom escritor com o ruim hei de atravessá-la da melhor maneira possível assim como atravessei todas as grotas até agora do meu jeito fugidio vocês são apenas os demônios que me cabem sessão se são unidos marcha ré separados em seus bancos particulares digitais lavra terra serão fictício arte manha do felino sobre os telhados alumínio capta ondas surfadas por qualquer menino circo sem graça que ninguém quer furar lona conferência desembarque de parlamentar ordinária sessão de uso exclusivo da solução de problemas com o registro de presença senhoril em servidão às vaidades presentes as mesmas tolices acadêmicas sentadas em suas bundas exprimidas com retórica impecável falazes não há necessidade de manutenção do resultado primário mas os leigos mantêm mesmo que temporariamente através de piadas ou conversas para passar o tempo no serviço público onde o público é menos importante ainda que a necessidade de manter opinião sobre qualquer coisa confabulação veículo de propulsão humana dotado de duas rodas desceu a esplanada embaixo de chuva com pista encerada fez a curva de cara vendada fazendo jus a nua ali sentada sem cair seguiu em frente e antes que os guardas palacianos abrissem os olhos estava no planalto colocando a barba de molho foi um tremendo barulho todos procuravam pelo ciclista mas ciclista não tinha apenas uma linda e limpa bicicleta feita sobre medida na argentina destas que são usadas em velódromos vince era a marca e como tinha uma pintura parecida com madeira creditaram a armação ao leonardo convocaram os investigadores do antigo sni para analisarem o protótipo os velhinhos já meio gagás engasgaram e disseram ser invenção do diabo depois disso mandaram uma emenda para o congresso e retiraram de vez as magrelas do código de trânsito brasileiro é por isto que os motoristas não respeitam ciclistas e é cada vez maior o número de atropelamentos palavra cruzada uma idéia linear cortando a vertical rumo ao infinito o horizonte sempre a frente e nunca alcançado roda os quadrados que fique cinza e mesmo assim vôo triunfal nada existiu nada vai existir apenas passa-tempo o dinossauro continua lá e aqui o plástico da virada avô menino homem vem ser neto de robin com nome de rei da távola redonda quem arremessará flexa com precisão antes mesmo de se saber o alvo descaminhos naves passam negam passageiros ficamos sempre esperando sermos levados a outra estratosfera neve cai sem gelar fico esperando o branco fofo onde poderei pisar sem deixar rastro de azul a mídia não confunda artistas com candidatos a artistas na política atual onde qualquer um quer se dar bem sem o mínimo esforço os artistas fazem arte a vida inteira por onde andam e com quem andam deixam marcas inconfundíveis da travessura chamada vida anciã na paris de picasso renoir tomava papinha na boca dada por criada bela toma mestre picasso armado fumava cachimbo e dirigia seu automóvel com óculos de competição e boné italiano mondigliane dançava a dança de nietsche aos pés da estátua de balzac depois de fumar seu ópio picasso era o touro e o matador mondgliane era dionisius enquanto o mestre recebia as visitas ilustres com olhos de criança e mão de ancião bebê bebe leite em pó sem água bebês sugam magoados umbilicalmante não retiram suas mãos da boca é assim o bebê cartomante bebê bebe bomba de chocolate e explode em risos bebês da roça comem terra terão então mais contacto com a terra que os bebês dos edifícios aéreo bolas de gude estes olhos já desceram a serra de santos pela estrada velha nos olhos de papai sustentado por forquilhas de carbono desceram as sete curvas trazendo papai para ver goiás estes olhos com pequenas sementes de ervas daninhas o que florescerá ainda destas lanternas de diógenes assalto as duas lágrimas desciam da sua face na mesma velocidade retas rumo à boca ele nunca tinha dado a mínima para a matemática ou a estética mas aquele rosto e aquelas lágrimas o impediam de puxar o gatilho guardou então a arma e disse esquece abaixou a cabeça e o maior dos silêncios tomou conta da cena ela disse então quero beber alguma coisa ele levantou a cabeça olhou dentro daqueles olhos molhados e começou a rir compulsivamente até o riso se transformar em lágrimas de volta pra casa o último verso do fim da tarde de agosto pode não lhe alegrar pois paladar precisa ser treinado com jiló pimenta e limão antes de comer o manjar dos deuses osso duro você escreve a partir dos laços que te apertaram então as pessoas lêem e sentem os laços em seus pescoços e dizem sufocadas você escreve muito bem mas as pessoas não escrevem e não têm laços apenas pescoço evolução da espécie estudou durante vinte anos sobre crianças teve uma e aplicou todo seu estudo em sua criação a criança cresceu forte e sem problemas hoje é um adulto sem paixão daqui do canto do monge o horizonte tem cinza em fênix faz pedras em construção as árvores do cerrado são ornamento de jardim em tortuosas formas de paisagem naif caiu gato passado mato rosado tita escondido escola sozinho rua ecumênica tia cantando na noite de são paulo saci embaixo da mesa pedrinho no quintal com martelo na mão balão caixa clandestino saloon as portas mal se abrem fecham-se bocas por falar não dá tempo de passar o ferrolho neste entra e sai hífens separam palavras na escrita do semi-analfabeto ressuscitam-se os coronéis os senhores de engenho é melhor escorar as portas e esperar para ver se tem ainda um só homem para colocar ordem na casa sonâmbulo o relógio da minha cozinha marca o ritmo acompanhado do zumbir da geladeira enquanto a caneta desliza em vez de tic-tac olha olha olha e um zoom que parece mais o om indiano vem ainda de fora restos de festas fantasmas sonoros vou lavar o nariz fazer xixi e voltar para cama pro calor da minha pretinha isto aqui é só o tempo e seus caprichos se tivesse sonhado em vez de escrito acordaria bem melhor e vocês não precisariam saber ruídos prédios periféricos relâmpago aqueles que ainda precisam dos outros para comunicar-lhes a sua euforia em relação a passa-tempos estes que se recusam a tirar o melhor de suas cartolas ainda que seja por pura pirraça parecem arrastar seu código genético sem nenhuma modificação aparente como se tivessem vindo ao mundo apenas repetir os erros de seus pais às vezes me parece que a única diferença entre grandes e pequenos homens é esta sina de repetir um passado de erros viver e não criar ter vindo aqui apenas reafirmar a impotência diante do criador não ver que a beleza da flor é ser flor que a beleza do animal é ser animal da pedra ser pedra se nasceste homem porque não queres ser homem dito isto de dentro de um álbum de família mal guardado de folhas rasgadas e amarelecidas pelo tempo e mal uso são fragmentos de uma moral que não faz sentido neste distante ano de 2005 e se tenho a necessidade de registrar este instantâneo do meu cotidiano com material obsoleto é porque talvez seja eu também mais um desses que aqui estão de férias nesta terra do bem querer do bem fazer do mal reconhecido mal mastigado engulo então este alimento que sei não ter todos os nutrientes necessários para um organismo pleno e a harmonia o ritmo a melodia ficam mais uma vez sacrificados em prol do estalo esta chispa do atrito chamado vida la película latina a a a ada ata-me algo chileno em ti me acalma alma dor vá ata-me ada este rosto flexa-me brincando com linha sobre o fio descarrego toda a lata negra clina cavalgo pampas neblinas nalfrago piso andaluzas montanha algo porcelana gênova prosaico ainda sentado no cetim afundo mãos caracóis anéis negros compromete todos meus dedos no varejo eles também têm a sua música sua seita e divertem-se entre eles eles são os vizinhos incomunicáveis que não sabem o poder que têm e vivem numa repetição interminável os filhos nascem toscamente e aprendem os mesmos erros de sempre e tudo parece não ter mesmo remédio olham o aparelho e se sentem distantes daquele mundo mostrado e mesmo fazendo parte dele de alguma maneira distorcida decifrado o código penal lido por um analfabeto na cadeia foi interpretado como literatura de entretenimento quando saiu sabia mais sobre crimes que antigamente aí montou uma quadrilha especializada e nunca mais foi pego conta-se que hoje ele leciona na sorbone onde vai de limousine preta guiada pelo seu ex carcereiro lançou um livro que deve chegar às ruas no mês de fevereiro a segurança de mãos dadas com todos os funcionários trabalhe tranqüilo com segurança ambiente de trabalho com segurança segurança uma necessidade no seu dia a dia um olhar seguro dentro e fora da casa cosel cosel cuidando do legislativo com carinho e confiança é bom ter alguém que cuida de segurança ambiente de trabalho seguro cosel a segurança faz parte desta casa sintonize na segurança cosel vamos trabalhar juntos uma só imagem cosel quem tem segurança não desconfia cosel o x do problema vou levar só a boca não para comer mas para falar brincar de ir ou ficar sem rumo no meu encantar quero por alpiste para os pardais não vão cantar mesmo o crédito e o débito deixo aos contadores de dinheiro não posso ir ao banheiro sem falar com o diretor vou fazer na calça curta de tergal meus bilhetes em aviãozinho de papel flutuam do congresso até a rodoviária ninguém vai saber eu sei quem correu no anonimato na maratona e subiu no podium no duatlon não viu a diferença esqueça das suas promessas você é apenas um homem com pressa que sabe como atropelar os melhores companheiros fique pois em evidência secular por um quarto de século te segui estou aqui no nosso quarto depois da tempestade me deixa seguir nesta estrada azul serei sempre o seu menino travesso o travesseiro torto aos seus pés o viés da sua costura emenda da nossa coberta por um quarto de século por um quarto de sequilho por um quarto de lua sempre serei a sua quarta parte quantas vezes ele esteve na clínica será que era isto que ele queria dizer passeio ciclístico quando o peso das palavras tem a leveza da vida do dia a dia faz valer o que poderia há muito ter valido e o goleiro do meu time de outrora pode agora mostrar quem foram os selecionados nos primeiros lugares há muito tempo atrás tempo rei diria o ministro temperei diz o menino e sua variant 70 puro sangue a ferrari fc5 como é bela só não gosto daqueles retrovisores mas que traseira quem será o piloto daquela máquina que obteve o IV posto nos testes obscuros oito milhões de dólares para pilotar a máquina dos sonhos e é barato quanto será a fc6 a fc7 a fc8 dizem que tem piloto ficando doido perdendo o sono a máquina vermelha subserviente nas mãos dos meninos do norte que sorte poder lamber fogo por estradas abertas como pernas do meu guidão gibão timão politécnico desculpem a nossa falha técnica é que eu estava lá mas vim pra cá e se eu disse algo antes agora digo outra coisa pois afinal é apenas uma questão técnica estrutural onde todos vão ser beneficiados de modo igual faremos uma reunião eu e meu irmão e assim todos vão poder saber que eu não posso perder o poder então assim está assim vai ficar falta agora apenas o sorriso da maioria maioria por favor sorria olha o passarinho e o resto as gargalhadas vamos deixar para mais tarde no bar da cidade onde poderemos contar piadas picantes sem ter que ser técnico polidamente técnico a diagramação fica por conta dos diagramadores as correções por conta dos corregedores e o dinheiro vamos gastá-lo da melhor maneira possível pois nossos filhos assim permitem cada um cada um já disse alguém irmão de outro alguém que não está aquém girem o tambor com cuidado e boa sorte relatório terminada a pesquisa concluo studio digital quardado no cofre quem lambeu o lambe-lambe quem cuida de empresa não parou para comer a sobremesa as figurinhas sujas depois do bate-bafo ficam sobre a mesa só levo comigo a carimbada que vou trocar na banca por mais um livrinho sobre o som decibéis demais não posso descer mais volto à margem dessa vez para conduzir o rei davi ao outro lado do rio sorrio passou denúncia a gravação que vocês vão assistir agora é uma película de mais de vinte e três anos de duração passados no catre depurado fogueira de são joão na quarta avenida da cidade livre com violão e quentão de vinho falavas de estrelas muita água no leonardo da vince o capitão tocando beatles na partitura sono na harley davidson passeio ciclístico com esticada até o guará dormimos lá volta de manhã na huff pela bernardo sayão sem esquecer da caixinha que iria virar chácara e plantação de bananas sonho de união sirvente senhor este fiel servo que lhe foi útil por todos estes anos nesta província vem através destas redondilhas pedir a sua influência conjuga-se senhor como aderir a tamanha servilidade sou servível ainda em outras cercanias informe senhor sem uniforme este ser informe te implora dê o seu último golpe ingramatical sei jamais fui servil estou servidiço servido serviente peço outro bilhete para outra passagem sotopor sotrancão soturno vou aguardar pacientemente a minha sorte fractais sentada com a curvatura da idade em seu vestido estampado cabelos curtos e brancos tesoura em extensão do próprio corpo corta retalhos com cuidado e carinho compenetrada distante o que será que pensa lembra a minha vó só que tem mais paz que vovó insisto em retratá-la a minha vizinha que não sei o nome nem maiores detalhes agora ela procura melhores ângulos para o corte de um retalho verde inicia o corte que é sustentado pela mão esquerda sem régua mas com a precisão de quilômetros de cortes anteriores quem dormirá com esta arte colorida montada por velhas mãos rondó vovô vanzolini mandou lembranças para as crianças que querem ser reis lagartos a ética vem primeiro com o dinheiro do governo compra-se biscoitos baratos já quase não se usa mais a palavra honra as teses e os doutorados estão cada vez mais baratos falou de balalaicas na rua aurora e polacas não se esqueceu do adoniran nem do paraná eu convido vamos quem dizer ser calango visite vanzolini e ronde o seu zoológico sem dar pipocas aos macacos circular as vias do sexo não pela mão ou contramão mas as vias do sexo não verbais mais orais as vias do sexo ora as vias que vão para os anais das legislaturas passadas insisto as vias do sexo mesmo que seja para reprodução ou pura repartição as vias do sexo em ação com ou sem relação com muito cuidado para não girar e cair na fantasia e aí acabar na mão as rodovias do sexo o sexo mídia que inspira um lixo comportamental temporal a chuva de nádegas televisivas uma via que com certeza vai dar no fundo do poço é viável falar das vias do sexo cúmplice um par de jabuticabas um par de pérolas negras apontando para a morte cabelos de escovão como uma mandala suja destruindo qualquer possibilidade de organização lábios bem marcados grossos cigarro longo e fino entre os dedos uma sombra dura do lado esquerdo espero tudo se acalmar em mim tento retratar o retrato de maiakovski que vi na folha de são paulo num momento em que tudo era drummond tudo caminha para o verde volto ao preto e branco primitivo preto e branco um par de jabuticabas sobre o branco saída olha a asa assa a falsa flauta doce flor amarela uma montanha vento linha e uma seta a descer colorindo o azul o lilás o laranja rasgado no horizonte sou eu amor sou eu que volto seriguela sou o serguei do reggae minha saquarema é a candangolândia surfo no ar com minha pipa de folha bíblica jah é hora de regar as flores do meu jardim deserto quem sabe minha orquídea vai florescer no meu coração jamaicano faço bandas infantis pois todo infante quer ser feliz faço percussão com as mãos minha rua é a minha inspiração a percussão e guitarra dão o ritmo do lamento que trago no peito marley e tosh são divindades que traduzem a minha filosofia sou presidente do meu time papapá sou diretor do meu sindicato sou pastor da minha religião ser jia só na lagoa da minha tia mambembe chinfrim teatrinho de letrinhas dança diante da criança inocente brinca de ser super mouse eu super pateta jogo tortas brancas na sua cara está formado o pastelão de desenho animado por mínimos cachês brincando de ser norte americano onde está o bucho da dobradinha põe de molho batatinha quando nasce quer ser manda chuva o guarda belo foi dar uma volta no quarteirão some não seu zé pois é impossível parar de dançar rodrix festim você que precisa de esquema popularidade indicação e outras fachadas mais posso te dizer que estou tranqüilo no meu poleiro observando e dando meus pulos vôos curtos em direção oposta a sua brinco dentro da minha gaiola que construo e amplio sempre sem nunca estar acabada coloco tábuas bate boca terno e tapete verde uma conversa fácil assim são feitas as leis no meu país comerciantes travestidos de políticos advogados administradores de empresa uma disputa pelo maior filão técnicos em esconder cartas técnicos em dar as cartas no tapete verde o loby vira roby o ipisilony é a forquilha do estilingue atiro a primeira pedra direção perigosa você com o seu terno de tergal cabelo cortado e escovado rosto inchado pela bebida voz rouca de nelson cavaquinho consegue convencer os seus subordinados que foram premiados por você com gordas gratificações assim está montada a farsa a comédia humana de milênios tudo pelo dinheiro fácil três pontos parta você três horizontais três pontos sem preciptar ainda no abismo três pontos folha cheia todos os pesos que tenho nas costas foram colocados ainda em criança todas as pequenas heranças o mar sujo que trago ainda em mim são detritos dos jogos dos homens os jogadores lá de casa com fumaça ficava esperando acabar o jogo de cartas para então poder ir dormir sem ter deixado de ver nada sem ver tudo fiquei cético em relação aos homens cético em relações relações perigosas frenético a poesia bateu na sua porta você não abriu as imagens desfilaram na sua mesa e você só deixou digitais sobre elas como um bandido pé de chinelo só pistas ficaram parece que o frenesi social não lhe permite pensar armadores de ferro com ferrugem e desleixo assim são os diretores de hoje sem a dignidade dos armadores de construção é claro melhores imagens o que eu procuro vocês não têm para me oferecer vocês são magníficos e fedorentos o meu marcelino pão e vinho vai ficar comigo como na infância não quero entender o conteúdo do filme levo comigo o menino de olhos grandes e cabelo liso o menino que fui outro dia dei com a película na tv a cabo e pude ver que já não tenho olhos para marcelino pão e vinho mas tenho os melhores fotogramas na gaveta da minha memória e nada pode abri-la poesia um dia nós estávamos sem o que fazer lá em brasilândia de minas minha mãe pegou o chevrolet brasil eu paulo e o braisinho e fomos até o curralinho depois da pocilga chegando lá o que vimos uma plantação de goiabas na beira da estrada enchemos o caminhão rindo felizes por arrumar o que fazer voltamos para casa no mesmo ritmo e minha mãe junto com os empregados da pensão são paulo fizeram goiabada cascão em dois tambores de 200 litros por dois dias e duas noites ininterruptos depois mamãe mandou encaixotar em caixas de maçã e mandou para todos os parentes e conhecidos brasil adentro comida ruim malagueta de passarinho vermelho e verde do reino dedo de moça cinza e vermelho bode de cheiro amarelo e vermelho pimenta pimentão espanha e brasil se soubesse todos os nomes de pimenta de todos os países e suas cores e utilidades faria uma árvore de natal espalho reticências dois pontos significando assim pimentinhas para salvador dali e gala arderem de amor e paixão parati também oswald e pagu como malagueta bebo de passarinho fumo bode confeito o espaço cultural omo limpo faz o h da cidade mudar de cor todos os dias gastando baldes de tinta para a ribalta diadorim e riobaldo são encenados em rosa pink o a é tripé onde o terceiro pé está escondido na sombra da perna esquerda instalo minha câmera em cima deste a dos pescoços das adolescentes em frente ao pátio brasil o prato cheio tem de feijoada completa a caviar tudo servido no chão de mármore branco chuva de letrinhas pela cidade gorki confundido com gótico e o retrato de gogol acorda o diretor de madrugada com os olhos esbugalhados usado qual o gume da espada de maquiavel você usa você usa destruir as espadas dos samurais qual senhor você usa servir você usa ternos bem cortados e já perdeu toda ternura reta ação julião trabalha melhor que vocês e olha que ele não tem gratificação ou função mas trouxe café neste fim de semana aos postos desta coordenação com a mesma calma de 23 anos atrás a passada lenta e cadenciada imperturbável e ciente da sua utilidade dizem que ele é louco é assim nesta sociedade hipócrita todos que não falem as mesmas coisas que a maioria da manada são considerados loucos em troca de abrigo ele oferece bom papo água e café e tenho a certeza que se existisse psicologia administrativa nesta casa ele poderia oferecer muito mais sem salário sem documento sem reuniões sem protocolos idiotas serventes enganam o tempo com conversas repetidas brincadeiras maliciosas olhares invejosos desejosos de objetos ricos de mais dinheiro um futuro melhor a televisão é o referencial maior onde o bolo aparece completo um pacote de ilusões de terror e açúcar dia após dia o mesmo ritual profano acordar tomar café pegar o ônibus e trabalhar mecanicamente tudo isto para manter um pequeno espaço com bugingangas e dívidas prestações e etc os filhos não vão ter nada de muito diferente talvez sejam bandidos delinqüentes e experimentem drogas com um pouco mais de emoção avião suspenso ou uma morte precoce giant mr-04 aos

economistas de todos os governos mick jagger aos filósofos ghandi
e aos tecnológicos torreau começo assim o verso que eu perdi
enquanto comprava pão acho que ele dizia é apenas pedra rolando
mas eu gosto veja aquele anu preto em cima da copa do mundo é
o meu corvo absorvo todo o veneno e fico mais forte lance
armstrong é necessário como a expressão máxima da resistência
humana com bomba ou não gostamos de ver o limite do homem
solto na descida seta da reta águia na montanha voe comigo still
life todos os meus troféus de caça estão nas paredes lá de casa os
meus cães cavalos e outros bichos todos emoldurados pelo ciclista
erinaldo a baleia assassina não treme quando atira em alvo parado
mas o rui faquinha me ensinou a atirar espalhado quando ficava
no gabinete do ministro lendo brigite montfort em ação e a
metralhadora em cima da mesinha calada nada mais é oficial no
governo atual o agente da civil não é segurança do regimento
interno sem terno ele traça os planos a polícia militar nunca entrou
armada no congresso nacional só para tomar cafezinho no espaço
cultural por isso só atiro agora com a minolta travestida de zenit
que o meu amigo Pedrinho fez pra mim coisas de são miguel
vocês vão odiar as minhas imagens atavismo olho vermelho
sempre volta quer sempre o seu quinhão arrastar sua calda pelos
corredores não tem fim este traço traiçoeiro que quer sempre a
maior parte do bolo dente de sabre está a espreita esperando o
momento do ataque ele quer carne fresca em seu estômago
precisamos da força do zé ninguém para acabar de vez com esta
casta levado não posso esquecer que na infância eu e meu irmão
mais velho combinamos que não seríamos como os adultos
fizemos um pacto de sangue como os índios americanos às vezes
acho que ele rompeu o pacto mas não posso ser assim tão cruel
de uma certa maneira eu também me deixei levar pelas luxurias
dos adultos são lembranças limpas como páginas por escrever o
caçador que cabulava aula para ir matar no rio tietê ainda está
aqui e posso sentir embaixo dos pés os blocos de barro de um
tietê trincado pela seca e os nossos olhos varrendo suas margens

nitro química papeloc lagoa das três meninas e logo acima bairro dos pimentas voltando a cena as barbatanas de papel de ceda as varetas polidas com caco de vidro o vidro moído a golpes de martelo de bater bife dentro de um retalho roubado da vovó a cola de madeira comprada no empório a duras penas e derretida no banho maria por falta de paciência para esperar que se dissolvesse na água fria lentamente os carretéis de linha 24 depois só servia se fosse 10 difíceis de encontrar no bairro tinham que ser encomendados do centro depois eram enrolados em lata de massa de tomate os saquinhos de bombril abertos depois enrolados e finalmente cortados em tiras finas para fazer a mais longa rabiola e o mais difícil ir para cama ficar planejando como seria o dia seguinte com vento forte e só depois da escola poder empinar colocar no ar e cortar corta sem querência poema do analfabeto dois laços que não se entrela não se misturarão no clarão da noite quando acordo e vejo que vidas são coleções de cacos num colorido duro e só eu posso dar os matizes que com certeza não vão agradar degradar declarar guerra aos amigos e amar os inimigos e ter certeza que não está certo o erro de sílabas virgulas pontos como um analfabeto que cospe que cospe no fogo e quer carregar uma outra casta nas costas talvez seja assim o poema sem fim o poema que não escrevi numa manhã matreira com sol de julho no país dos jogadores onde está o meu parceiro calado pois calado interior entramos no interior numa viagem lerda daquelas que não foram planejadas são as melhores como num bom sonho em que não queremos acordar a estrada tem cães casas simples bicicletas não existe pressa reticências retemos a essência sem nos preocuparmos com a ciência viajamos o interior de nós mesmos com três pontos três contos de três velhos amigos interiormente sou tímido o freio lentamente o feio quebrado torto já não tens mais a leveza do corpo precisas parar e encontrar o limpo que está em algum lugar sempre comprando não consegue fazer o cão latir de dentro de ti o uivo no alto da montanha de lixo desesperadamente e com preguiça procuras pela calma mesmo

sabendo que ela não precisa de realizações as relações forçadas
os olhos sem brilho vai caindo o pano sem que nada possas fazer
vai caindo a cortina o azul volta e a sala é nua work shop vamos
nos reunir em u depois formar vários o afinal nós é que vamos
comandar este ved vous aquele aperitivo americano com cara de
grande empresa só falta material humano um bando de bestas
com o olhar embotado e aquela pobre criança sentada no canto
pensa porque não uma pitada alemã ou sueca Noruega nem pensar
né vou fazer desta favela uma grande empresa todos vão vestir
linho branco gravatas vermelhas e chapéu do tio sam miséria vocês
que querem dar unidade a um grupo que não fala a mesma língua
trazendo outro grupo totalmente estranho ao processo e que levaria
o mesmo nome segurança vocês que não dão oportunidade aos
companheiros que entraram com vocês promovendo o primeiro
que aparece sem mesmo ter atravessado todo o tabuleiro
infringindo assim as regras da tradição a regra de uma língua
universal a razão e o seu fundamento quem são vocês que diante
do corpo estendido no chão fazem vista grossa a negligência
anterior ao atendimento cego diante do uniforme chamegão
enquadramento padrão não filme de terror never mini-labs e papel
brilhante flash e fotômetro automáticos todo dia a mesma coisa a
mesma carga no burro pescoço a mesma leitura para agradar
políticos vou desfocar a cidade vou desfocar os rostos
transformarei em flores os horrores das telas presentes malditas
telas comerciais o horror presente em todo o globo quero assinar
com o dedo a minha digital oito deitado é preciso o corte decidido
a incisão feita a mão a decisão diante do irmão é pré ciso o dente
de leite a boca perfeita para dizer não a exatidão diante da questão
formulada a asa é preciso viver sem saber onde está a precisão
precisão no andar precisão no amar precisão no mar decisão em
viver preciso cerzir o buraco da meia tapar o buraco do barraco
pegar ônibus cheio limpar o banheiro ficar na fila sem dinheiro
rir do companheiro fingir ser feliz fingir ir a paris fingir infringir
fim em começo desistir dos sonhos começar de novo tropeçar no

osso cantar a canção alheia negar toda besteira ligar o começo ao fim limpar a rua cortar com diamante o invisível morrer dormindo ser velho menino preciso neto da filha do ferreiro desde pequeno eu vi os homens passar é eles passavam a noite lá em casa para conversar sem agenda ou telefonemas simplesmente chegavam e eram bem recebidos pela anfitriã filomena minha avó o italiano guerino e sua motorcicleta negra e primo cláudio e sua phillips negra saulim e seu riso azul meu padrinho pedro cotote e seu chapéu de feltro quem viesse de boa intenção era bem recebido teve também a época da pensão são paulo que além de hospedarmos os passageiros ainda ficávamos até altas horas conversando sobre tudo sobre nada mas olhando os homens passarem minha avó não atravessava o samba e falava tão bem tanto com um jojó carvalho como com um perigoso filho do seu sebastião hoje já são 45 anos de inúmeros passageiros passagens passarinhos pois também eu tenho a minha estalagem onde abrigo nós os passantes ciclistas motorciclistas e mergulhadores sabe você então de que cão estou falando de que forma de vida de que escola de que filosofia não acho que não é preciso passar deixar passar olhos sem nenhuma pré-tensão virada saí com a tarde voltei com a noite deixei passado presente e futuro no caminho um pedal de horário de verão depois do serviço missão cumprida as medalhas ficaram também no caminho em gotas de suor foram desprendendo pouco a pouco cine rex papai mamãe vovô titio titia e meus primos todos trabalharam na nitro química em são miguel paulista fábrica era o que eu ouvia vou para a fábrica o maestro diomar simão vieira era o cabeça de toda aquela mineirada que veio para são paulo em busca de dias melhores ele e seu único filho homem sucumbiram precocemente ele com o álcool e o tio zé com a nitroglicerina minha mãe se casaria com paulo corrêa de araújo um paulista ciclista que seria expulso da família por gostar de pedalar perdi de uma só tacada avô tio e pai fiquei assim pequenininho magrinho branquinho o preferido daquela família de fibra inquestionável chamada filomena alves vieira com ela aprendi tudo sobre os homens os santos os cachorros e o gatilho sim pois vovó tinha o dedo no gatilho e o terço no pescoço me esgueirei com dignidade embaixo da sua sombrinha por toda a grande são paulo ao longo do muro da nitro química soube cedo da curva da morte na esquina tinha o baixinho que vendia pólvora e chumbo aprendi a atirar com 6 anos escondido provando do certo e do errado matei aula matei passarinho e me lavei em água suja fc5 30-08-58 nasci 22-04-78 casei 25-02-81 entrei sou o primeiro filho estou casado até hoje nunca ganhei uma gratificação não acredito em políticos não acreditei em meus pais não acredito em seitas 23º colocado no corpo diplomático 1º lugar no ciclismo por equipe no primeiros jogos abertos do df 4º colocado na maratona terry fox de 83 treinamento com mário cantarino para a maratona treinamento com roberto landwer para o ciclismo treinamento agora sozinho com os deuses do olimpo qr-02 conj-b casa-23 sangue a+ bicicleta giant mr-04 se você é habilidoso eu sou resistente tenho destreza agilidade força e o maior poder de agonística entre os meus fiz estágio na feira do paraguai aprendi muito na clínica do renascer cresci na mesa de jogo buraco sei quem dá as cartas mijei embaixo da saia da minha avó na praça clóvis coloquei uma solitária de 17 metros no quintal da minha madrinha desci a serra de brasilândia de minas numa hercules sem freio na década de 70 viajei de carona sem documentos e sem dinheiro só com o puro argumento da boa vontade morei em 14 lugares deste país li todos os livros que foram aparecendo na minha frente nunca querendo ser proprietário de nenhum paletó sentei na primeira fila no ciclo de conferências poetas que pensaram o mundo trocando figurinhas com todos os mestres os vestígios estão na minha cara nos meus versos no meu traço e é claro em todos vocês que me acompanharam querendo ou não fuentes me disse não existe ex policial não existe ex veado não existe ex filho da puta e quem entrou pela porta traseira do castelo encantado de ava gardner foi um cubano entre uma e outra baforada de charuto charada já tenho o meu lugar ao lado dos exemplares enfileirados com cheiro bom de papel velho encerro o meu personagem fecho a porta e esqueço as chaves outro há de entrar e procurar por pistas por poeira por garrafas vazias esgotadas que o pirata descuidado esqueceu de recolher vai chover não falar não ouvir rir dos próprios erros roer as unhas por cima do aterro ou deixar crescer infinitamente crescer unhas da cadela desprezada cada unhada mostra a lava incandescente por cima da pele arder palpitações da canção todos sabem ninguém diz que merda de mundo é este que tipo de jogo com quais as regras o punhal bate sobre a tábua na tentativa de deixar a marca d'água o selo da autenticidade o que eu escrevo não se fala o que eu falo não se escreve decrete que quintana não é quitanda do café da esquina o meu cão já teve plumas e já foi borba não barba troquei-o por uma criança pobre com o irmão do meu fotógrafo preferido não vou voltar a escola pois só fui lá para fazer um coqueiro para o diretor e aprendi no gibi o caminho hesse o meu lobo e a minha estepe posso colocá-los na parede bem enquadrado assim mesmo não vai ser limpinho sempre vai ter um bichinho para dar coceira aviso olha eu não posso comprar outra variant 70 pois o mário já morreu e só ele poderia consertar o motor o gisnei ficou rico seria muito difícil ele hoje remendar o fundo com durepox o caboclo ta cada vez mais difícil de achar e não sei se ele desceria novamente sem bancos aquela descida de taguatinga para o núcleo bandeirante então vamos fazer o seguinte fala para os seus meninos não atravessarem na minha frente senão posso botar fogo neles pois aprendi com mamãe a colocar fogo em tudo que não presta meu tio josé soltou um foguete que arrancou a sua cabeça para o outro lado do tietê se você prefere o trecho de tão gorda a porca já não anda eu afasta de mim este cálice se segue a escola passada de pobres ironias e trocadilhos não compartilho com o tio minha tia tem grandes unhas que já penetraram na minha carne e olhos de serpente falando sempre entre os dentes gato japonês as vidas passadas puma âmbar como proteção coleção dourada retalhos o salto do palhaço aço japonês nas entranhas piranha comendo abóbora quente biloquê do rosseau para conversar em rodas de nada dizer bolinha de madeira com furinho amarrada com cordão com um pauzinho o gato que estava no telhado ficou cansado da lua e foi morar no sol memorando coleções de cacos de vidro caixas de papelão com pequenas janelinhas luz de velas lamparina lampião a querosene leitura que aparecia leitura da minha tia leitura de gibi leitura de fotonovelas agora o amarrar tudo isto e deixar em um banco de pracinha do interior para algum casal de namorados do passado sopro vou pegar da pena e depenar uma idéia macabra que me assalta tornar leve o pensar mundano deste cotidiano politiqueiro quando escrevo deixo de matar ou morrer e dou nova direção ao vento artificial que é soprado do grande ventilador do chefe as linhas que passam em cada portaria deste palácio penetram meus olhos invadem meu cérebro sopro a pena ela baila contrastando com o cinza todos presos ao material e eu diluído em tinta sou o chinês da tinturaria que por um punhado de arroz deixa limpo o seu terno passageiro sem pena não voaria sem barro não faria este vaso onde deixo os girassóis desidratarem sob o céu turvo da tarde eterna osmose leio esporte em afriquê que fabriquê para você o meu francês cinza azulado de olhos grandes com brilho molhado letras que fiz com resto de sebo velho que passava na bola de capotão balé vale as fotografias em preto e branco em papel couchê e o menino branco e magro do cabelo liso penteado de lado resolveu falar francês em africano só para poder seguir wolde e bikila na estrada até maratona deixar vir à tona chute com efeito a página seca quase quebradiça uma folha de árvore que não deu fruto amarela com manchas de fungos o autor um tal de mélik-chakhnazarov que só mesmo se eu procurar o mestre cantarino vou saber quem é amanheceu frio no maio brasiliense a folha seca ainda servil para um último desconhecido fazer registro de pernadas pelo mundo agora em português ventava vó o tempo este primo distante me faz amigo do vento quando está a favor por isso vou dedicar meu livro ao vento a favor que favoreça em florença começo a ver a curva e já estou tão embalado que mesmo derrapando vou cruzar a linha de chegada não sei de pelotão não soprou tão rápido que só embolei o coroão no jargão nada oficial do bairro local o vento neto queijão o queijo da lua nua sem pudor o poder sem saber de lua cego com potência intenso brilho de lobo-homem uivo frio sobe lentamente o imenso balão redondo inalcançável fria impenetrável lua lia tia cio de são joão branca e impenetrável nave na imensidão lunático espremo o esparadrapo tudo virou trapo na trapaça da vida me dá vontade de voar por cima da cidade no frio de junho gripar lua de junho a lua nasceu no fundo da candangolândia do lado do aeroporto o eulélio viu do ônibus quando estava passando no eixo oeste e me telefonou avisando que tinha lua para ser fotografada não perdi tempo aproveitei que o zezinho estava aqui e fomos eu e ele pelo fundo do sérgio fotografando lua e de quebra um cavalo peado que estava em primeiro plano longas exposições avermelhadas no pulso na pedra e na grade da quadra de futebol de salão saiu assim o ensaio de improviso veja você precisa reler precisa ler pré-ver não tem apenas uma direção são palavras de formão plaina só em boas mãos gosto de madeira na boca dedo no botão de disparo ponta entre os dedos da linha leras a poesia da sua sina os passos corredor adentro em visões tridimensionais um terço rezado em silêncio por todos nós desatando o cego da caverna sem asas águas profundas levaram ulisses em morte de rei antigo um vôo de libélula no libertar limpo maré alta a morte sem corpo a saída do cão velho para que os donos não vejam o corpo do guerreiro políticos dos velhos tempos de testa alta e longo nariz com faro de blood houd altives na fronte homem de gabinete foi o que ouvi sem entender assim que entrei no serviço público uma bela saída de cena todos querendo velar o corpo ausente e ele nadando na imensidão azul não sei dos seus males mas que saída que mergulho será que virou tubarão ou golfinho capitão blues as linhas do poema já estão se apagando as letras dançam e ainda dá para ler mochilas violão direção é o último bailado da bailarina bici rasgando a américa do sul rumo ao alasca e o resto que se lasque rumo ao sonho neste mundo medonho com seus alforjes de caçador de sonhos monta a musa zenith azeitada de esperanças adrian o quixote da terra do fogo vai tocando o seu blues regado a chimarrão enquanto houver chão pão e irmão sua música de algodão circus alexandre de quatro Jasão e os argonautas rezando um terço davi e golias no papel principal as pedras rolando simpatia pelo demônio dividindo a colher com o rei dos besouros bela mariana fato fui jeito total com flauta água longa e os ratos a dançar rondó com voz rouca sopra o vento norte faço xixi nas ruas de nova iorque calanga malandra vamos ver a traça no acervo escorregar as tripas no asfalto no sprint de cipolini libretto vou fazer o versinho rosa que você me pediu pink com uma bolinha lilás leia e guarde no seu diário verso com pausa com toque bem feminino verso gata não sacarei as unhas de canivete um pequenino verso corvette um verso rápido italiano com linhas suaves e grandes entradas de ar não esquecerei do brilho a máquina verso às vezes tem reverso sem o devido apreço mas não tem preço falar de você para que todos saibam o quanto você é bela apesar de não saberem o que é o belo o justo o ético mas o dietético sabem e como sabem o diet camarim você liga e tenta passar a mensagem emocionado você explica o fato que acaba de acontecer do outro lado a pessoa antecipa o fato e fala ao mesmo tempo que você bem feito quem mandou você se emocionar e querer relatar ao inimigo o humano você já deveria estar cansado de saber que assim não funciona ele engole mas você precisa envolver em um pedaço de pão é sempre assim o inconsciente não quer o amargo do remédio e nós os curadores temos que mascarar a seta do caminho e lentamente deixar o rio seguir o seu curso diga então para o seu eu que fique quieto e aguarde em silêncio interior a chegada do ator de 2ª categoria ele vai descer do palco e aí então você poderá dizer cuidado sua máscara está se desfazendo miniaturas as vacas não sabem o significado da marca quente que receberam na carne e tão pouco sabem da cerca da divisa e outras besteiras mais não sabem que são sagradas ou fonte de proteínas as vacas já foram ao cabeleireiro com nosso francisco já tagarelaram com mulheres de alta sociedade ilustraram capa de disco de rock e muito mais mas o que me dizem com os seus olhos grandes a sua contemplação o seu mastigar e a sua calma é muito mais do que qualquer discurso de repartição deixo então a vaca na grama do jardim em arquitetura moderna pastando junto com os pássaros pretos que já não sabem mais voar formam um belo conjunto antes dos diretores começarem a chegar gaiola quilômetros de tinta de sangue escorrido pelo caminho não para emocionar os transeuntes só para demarcar de leve o trecho percorrido um quilombo para um branco sujo cortado por algemas fictícias chicoteado em auto-flagelação escravizado por forças de sobrevivência em sociedade anônima um calombo feito pela mosca azul que só dói em papel comum em repetição alheia em deveres por cumprir sem ouvidos para derramar o sumo refrescante calouro eterno prego peça nos alunos bem comportados brinco de querer isto ou aquilo sem mesmo poder entender o porque dos outros quereres deito a ripa e o pássaro pousa multiplicai o que a menina que cresceu pedindo esmolas no congresso nacional vai dizer para o filho que agora ela carrega em seus braços onde antes abrigava uma boneca barata dada pelos funcionários será que ela dirá aqui mamãe brincou e ganhou dinheiro até você nascer e depois com você nos braços tentou um futuro melhor quem sabe a união com um funcionário de carreira mas deixa eu te ensinar como enganar um pm vamos escorregar na grama a noite os seguranças são melhores podemos até ganhar algum presente dar uma volta na viatura azul comer um pedaço de pizza olha mamãe já namorou com eles e etc ouvindo na vitrola os seus vinis preferidos recursos humanos serão trazidos junto com dignidade idade reciprocidade tudo fotografado pelas retinas iluminadas para aquecer o frio de maio gil e mar na travessia de um longo inverno cinza o outro lado da banda a grande arte rua bem fonseca rua bem braga pracinha ser policial é ir à praga kafuka lá e cá ser policial é ir no trem da morte em um salto corumbá a vida imita a arte oscar o w dobrado engorda o fusca filosofar é duvidar investigar ser discípulo do mar a cobra fumou craquelou no monte castelo ca fica cia não é companhia lei dos terços na câmara escura longa exposição de 22 anos saber enquadrar profundidade de campo grande angular vi nadar marco ripper no lago paranoá djan madruga não tinha força mas estilo eu estilingue em lagamar tio osório ferreiro e juiz de paz eu bodoque com rede branca de candinho tio ricardo delegado eu vovô no dobrado de diomar marca d'água vi domingo a transparência do vidro de um lado o mestre vendido do outro o comerciante desmascarado assisti a tudo quieto e calado para não ter vidro quebrado fiz o frete de graça se arranhei a superfície lisa não foi por preguiça sim imperícia vidro areia quente deixa a serpente em paz você não pode mostrar o outro lado do rapaz pálidos diante do retorno incolor transporte verde na porta da gente intriga de adolescente e a câmara em câmera lenta vidro temperado alumínio lavado palavras secretas tudo mal embrulhado no jornal de domingo sem novidades pilha de livros sobre a mesa e falando de pequenas conquistas conversa de botequim falando de livre comércio uma cabeça grande e branca o espectro da luxúria em andamento frenesi de bombachas sem chimarrão como falar do novo do bom ansiedade depois de conseguir a chave não quer abrir as portas da percepção não quer abrir não quer dar a mão a palmatória os gatos no telhado iluminado a noite com seus olhos em brasa fogo que não se apaga luz para marinheiros à deriva devaneio lançado em mãos erradas corda atada em lençóis limpos que estica até à janela do vizinho espio alívio de não ser um deles sorvendo estamos brincando de ser poetas não nos queiram mal é apenas a necessidade de fazer sendo a poesia fazer estamos por demais ocupados no não fazer somos o sorvete do drumonnd derretido na mesa do chefe e se não somos compreendidos é porque a pressa do ter e ser já não tem mais tempo para a poesia fica assim interpretações errôneas do fazer dirigido a mim ou a ti intenção do não ou do sim não é nada disso mas apenas a dança da alma que mesmo enjaulada balança e se lança na linguagem do corpo em pirilampos confetes serpentinas no carnaval mitológico o tempo lendo na calma alameda a calma alameda lendo o tempo há lá medo em ler o tempo dar ao vento o leme le sport en afrique o livro de atletismo africano escrito em francês ninguém quer ler ficou velho e não sei se vai dar para voltar para o sebo mamo wolde e abébé bikila estão nele em páginas de destaque aguardam novas gerações os músculos eram diferentes os calções enrugados pés descalços e camiseta de algodão que o tempo soprou rua 7 campinho de futebol de botão era o chão com vermelhão encerado com escovão e cera de carnaúba que fazia balão subir joelhos grossos sempre em contato direto sujos outros pés dedos com cavas onde corria a linha dez feridas com cascas sempre saindo antes da cicatrização novas cascas e uma intimidade com a ferida até ser substituída por algo mais profundo e esquecida substituída ossos duros sem carne que só foram ser quebrados nas extremidades depois de adulto provando a fratura costura de capotão que a preta velha fechou a dona do terreiro por ironia do destino era mãe do amigo querido por toda a família seu nome benigno um cão de 19 anos de idade dormia na porta de entrada sultão fumo e urina o remédio para furos com pregos enferrujados os pés soltos no caos da periferia da paulicéia desvairada brinquei de bate-lata epístola atirei por todos os lados nunca procurando a mosca especialista em existir deixei escorrer o transito das minhas mudanças se brinco só disso mataria a criança seria sério agora já posso sentar e reunir todas as opiniões sem mistério atirei de estilingue e bodoque flobé e sunda arco e flecha e besta polveira e mosquetão atirei pedra com a mão algemas de cordão dobrado de banda de música coreto maestro diomar acordeão sanfona de papel atiro ainda não para matar só roubar almas em imagens de gibi a dama e o vagabundo jamais saiu da câmara escura não procuro o alvo atiro no escuro sou o projétil o dedo a arma o alvo numa só canção canto não alvorada brincar de casinha lá em casa todo mundo quer estamos treinando desde a mais tenra idade vovó deixou saudades casa de ferreiro espeto de pau médico paciente na linguagem corrente entre dentes de marfim não fui eu que matou o elefante somos índios de plástico no forte apache supermercado estendo o cobertor preso na cabeceira da cama para fazer a minha cabana lá dentro posso cochichar segredos que o mundo jamais saberá planos de uma nova sociedade nada foi abandonado com a idade tudo está tão fresco que ofereço sem medo de fazer mal mesmo aos estômagos mais sensíveis o meu avião das lojas americanas de belo horizonte ainda tem corda que acorda irmãos embrutecidos as cores do meu primeiro livro o galo na porteira ainda canta afinado no despertar da esperança de cada dia levantem todos os meus está fazendo um lindo dia fc3 aprendi errado pois quando aqui cheguei fui instruído a não ter partido como eu não era nem pmdb nem pds achei aquilo muito sensato hoje querem me dar a instrução novamente errada dizendo que você tem que ter um partido sim e este tem que ser forte para que você possa ser promovido ou até mesmo ser remanejado amanhã vão querer me dizer que tenho que pegar nas armas e obedecer a qualquer tirano que surgir qualquer opinião de terceira parada eu e meu amigo jean paul sartre fomos criados por mulheres e velhos não tivemos a presença do senhor de engenho autoritário dando ordens cegas brincamos com as letras ouvimos estórias novelos de frases saíram da boca de nossas musas estávamos sempre do lado do mais fraco por isto sabemos lidar com elas enquanto vocês foram criados por senhores de engenhos são engenhosos com os homens e fracos com elas andam sobre a terra sem respeitar a poeira que foi levantada por passos leves por pequenas peças encenadas ao ar livre bebam comam forniquem nas suas fanfarras de percussão primária onde o andamento atropela o ritmo da poesia tocha dionísio esteve presente no camping da cidade poesia negra que se dissipou feito em fumaça blake no palco encenando o mandarim de ébano envolto no incenso da terra natal no mais puro astral mira as palavras africanas para bacana nenhum entender a linguagem do corpo saltou o espaço do palco ao público um só corpo dançou o incontido morte orgásmica terra molhada para a próxima colheita no concreto no azul praia gostaria de escrever um livro negando tudo que somos acelerar o processo de uma vida mostrar que existe outra vida dentro deste corpo tão comum tão parecido com outros corpos um outro modo de mudar as variantes inexistentes nos dentes desta engrenagem que não quer rodar por uma corrente cega não perder a concentração mesmo diante dos laços familiares que me fazem voltar a rodar pela corrente permanente quero a calma diante do movimento filmar em câmera lenta o serviço o esporte a cidade a praia as voltas que a vida der sei que posso deixar a pista livre onde alguém vai poder correr um dia solto papagaio escritura não acadêmica escrita kadermica retirada do caderno da pele transplantada ainda molhada para folha encontrada na cozinha na calçada estrada não escolhida atalho para o interior da metrópole para o interior em fuga de engarrafamento tormento desfeito na corda vocal na tira de nervos em notas graves de vintém passarinho que matei aula que cabulei livro que lerei gibi que não colecionei balão que não subiu queimou na mão amigos que não querem ser confidentes dente quebrado de engrenagem sem mola linha dada até o fim descarregada na carretilha até partida sobre casas que não entrei figurinha amassada no bafo cortante de pó de ferro pesando a linha dando barriga empino debico entro por baixo descarrego dou um soquinho fino e não aparo rodou posto à prova fico exposto na portaria com a língua grande manchada de preto e branco alguém passa pede referências sobre obras citadas quando dei foi exemplo de empresas estou perplexo a procura da poesia aí vem time branco e verde me lembro então das aulas do leonardo da vince administração de empresas quando tirei a nota máxima só porque o professor falou de psicologia administrativa penso que poderia dar de presente escuta zé ninguém do meu amigo wilhem reich assim talvez fosse reconhecido dentro do meu laboratório e deixado em paz só com as minhas pesquisas vagamundo vem então a psicóloga e diz estar lendo o meu livro saltitando e o alemão quer dicas de fotografias aéreas reticências para que alguém possa respirar mais rapé e tchau paralela as bolas foram postas no triângulo as rodas em cima do carro tacos na mão bermudas na pele deram a partida uns para a estrada uns rumo as setas da mesa as cores da estrada as cores da mesa os devaneios do ciclismo a concentração da sinuca pontos ganhos montanhas escaladas vida jogo roda rufar vírgula ponto interrogação o que dizer para criar uma canção se fosse gramaticalmente correto diria estou além de qualquer pontuação o ponto de ação deixa minha canção aguda como seta soprada de zarabatana de tribo extinta acerto o negro do alvo partida adiada despedida prolongada calço as sapatilhas de sete cravos e perfuro a pista nova em estréia sem público fica assim a mensagem mercúrio derramado estampido que ouvi primeiro fita no peito grave som de tambor desgastado estou gastando bala de canhão para matar beija-flores sempre desperdicei munição bom dia cavalo um carretel de linha da comprava dois uma bicicleta para andar tenho cinco não adianta explicar falo até perder a razão ser artista no andar no vestir no falar artista no atirar um tiro de chumbinho na menina dos olhos fico tímido na hora errada atrevido quando precisava ser pacato carrapato no pêlo espetado do irish wolfhound vida do outro lado sapato importado empresto palavras ao vizinho sei que não vai devolvê-las empresto meia dúzia não vão fazer falta sugar brown a precisão da faca o corte administrativo o motor americano um cano e uma engrenagem untada de pilherias a precisão do corte em l salta em 8 lugares em uma só posição vamos combinar sexo sem nexo lei sem voltaire imagem sem punctum clube sem ingleses amolo em pedras mineiras o minério que trago na algibeira de um só trago bebo esperança delinqüência esporte coleção tecnologia escorpião espada e tiro como afastar a mesa da cadeira do processo de kafka caco fônico gaguejo cágado cagado tartaruga me fecho do umbigo até o zíper tem tergal contorno negro convite ao tartan fumo de velas içadas toda manhã em manha de gata rasga carne vamos ao parque caça e pesca admirável gado novo no curral do esquema abro as portas da percepção afinal o cisne também morre seja na ilha no mar ou no deserto contra ponto que medo destes homens sérios que não têm os seus brinquedos de duas rodas de lápis de cor de cantiga de roda de gibi trocado na porta a visão do daltônico delta sobrevoa em tons pastéis plano piloto lago e sudoeste captura tudo em pontos por polegadas em suas digitais partido imprensa marrom visão americana somos todos engaiolados para cantar fado um fato de consumo tome sua dose de soma vista a farda limpa e mate o índio coloque fogo nele é apenas brincadeira é apenas carnaval regador choveu a noite inteira vai amanhecer chovendo choveu alex filho do embaixador da bélgica choveu tinco choveu alex o peregrino choveu agnelo no pacotão e na ufrj choveu gilmar na casa do capitão choveu mar e anos inteiros a navegar no tabuleiro e em páginas inteiras que tenho a regar choveu andré arantes no meu chevette 77 vermelho e amassado da surra que lhe dei em frente ao bar do seu zé choveu gil a caminho da assembléia e no seu vai lá em casa vai no ministério é só ir choveu gabeira e gandhi choveu liga tripa choveu a ponte que você fez para mim na dom bosco junto com tales choveu risadas amargas choveu olhares desencontrados choveu sobral no seu tl azul choveu portifólio em vôo de 14 bis pequenas e grandes fotografias caíram do céu numa grande chuva de bob dylan poesia de cozinha misturar a realidade à ficção fritar em fogo brando até dourar por em cima um mata borrão retirar o máximo de gordura esperar esfriar preparar o chá em samovar para ser tomado em gorki gorki gorki sem engasgar ter canecas de frei para saber parar mesa posta com toalha tecida por viúvas negras ou mulheres de atenas caso nem uma nem outra sirva sobre ardósia coma bem devagar beba sem queimar fale a língua natal e uma pitada de sal laranja mecânica monte sua organização não governamental pois depois que o esgoto passou a correr a céu aberto tudo que é legal está fora de moda na minha rua os meninos já sabem disto e estão aproveitando ao máximo dirigem sem carteira um fusca amarelo ouro com as portas invertidas aceleraram o dia inteiro a música já não interessa nem a maestros que agora estão entrando no ramo da polititica onde terão mais prestígio e não terão que estudar tanto ou seja é mais instantâneo como o velho gordini dissolve sem bater eles estão só brincando na corrida do ouro vale tudo o poeta vira jornalista sindicalista é apoiado pelo empregador padeiro administrador professor advogado delegado geógrafo tem lugar até para o pássaro de ferro do sul soldado especial falar que é amoral vão pensar em remédio genérico ou amora sem sal estão no jogo sem regras e como noel de lutas eu entendo abacate diga ong economiza palavras e você não correrá o risco de não ser entendido ou matar um deles entediado ao ler o meu ditado de palavras longas e difíceis quando escrevo tem um urso na página de camisa vermelha e corpo dourado deve ser o caderno da menina que peguei emprestado embaixo da página parece estar escrito pooh com libélula no segundo ó e flor embaixo do p é época de cogumelo guarda chuva empresta veneno matar mosca de fruta geração espontânea mata baratas age ota se tivesse um cavalinho dourado iria à marte nele montado de lá fotografaria com uma hassel blade as duplas caipiras nordestinas pois sou kiwi verde por dentro áspero por fora só quem não me namora é puta de espora espera passar o avião e vou falar com precisão da bolsa de valores das portarias marcianas onde quem dá mais empresta mais laçadas as marcianas com fita azul espero o cisne morrer mesmo depois de comer carpa fisgada por marmelo no escuro do lago paranoá o baton murcho vai partir levando letras que vão submergir quem não entendeu leu de trás para frente agora leia de trás para fora cavalo aparecido máquina antiga sindicato escrito juro de mora puta velha passeio náutico barco de letras escrito no lago almoço de contactos démodé o modelo união a sindicato encontro o gosto reunião de escritores papo no paranoá edição de águas veículo o restaurante prato a navegar poesia o nadar de o e a estamos cheios no de o doar precisamos bsb a bsb todo mundo quer fazer arte liga tripa por

toda parte as portas da percepção e já temos a rima da razão sai
na rua e grita seu estandarte a porta aberta do lagarto ao calango
do cerrado meninos de negro compõem a paisagem do quadro da
cidade no pátio brasil pedem passagem movimento cabeça arte
democrática musarte sem aeiou agitou em décadas passadas vila
rica mostra seus dentes todo este concreto é isopor que flutua na
flauta transversal cacofonia telefona nas embaixadas e vamos dar
a volta ao mundo pela avenida das nações papa vai jogar o papa
perdeu as bolas amanhã não vai ter pelada pois é dia de descanso
ontem foi folga do time se no supermercado não tiver bola o papa
não joga o árbitro não foi contratado vamos improvisar vamos
colocar um homem de pulso da nossa confiança é claro o papa
vai sair no pacotão este ano o goleiro vai de bob marley o zezinho
de jamelão vai ser uma festa só estamos trabalhando intensamente
para que o papa suba para a quarta posição do campeonato local
não faltem pois se o papa não jogar vai ter pau na vizinhança
levem o apito pois nós também não temos mauescrito ponto com
ponto br em vistas grossas vejo o cabeção falar o cavalo antes de
morrer também apareceu muito sei que o único cavalo da história
que falou foi o do leão to estória de senhor e servo russo antes do
dia amanhecer e o galo cantar três vezes um gato negro destes
que vive nas sombras vai olhar dentro dos seus olhos de menino
mentiroso e quando com o cd nas mãos eu me sentar para impostar
a voz calarei até os ratos da galeria subterrânea que liga o palácio
ao mercado eu vi a gorda dominicana bloqueando a esbelta cuba
em fidelidade máxima ao cabalo juatorena tropeço na borda da
pista e espirro sugar brown forca de julhos lusco-fusco o luso
que ainda resta réstia de luz dependurada na cozinha da geninha
busco o cacho de bananas em um ângulo saxão fotografia vai sair
o ensaio de saia limpa embaixo do pano e linha de desenhista
ausente o pincel japonês lápis b9 o cinza desgastado rush closer
to the heart no compasso do coração cigano a menina mais nova
faz o carinho necessário e a pena desliza lígia lígia li em casa a
tarde não dá bola para versos de última hora pink floyd the wall

run like hell o meu borzoi não vai ser vendido já é noite 18h30 e não fiz a fotografia perdi o céu rasgado do fim de julho em corda de versos alemães em corda antropológica em um belo horizonte ele doura pra ti os doirados versos que queres estão na gaveta da mesa de trabalho com clips liquid paper livro de ponto e planilhas os doirados do rio paracatu já não são pescados luzes da minha leica que estava na estante do guedes as musas vão acabar por me abandonar por ser tão displicente com o fazer sei disto pois há muito me repito lá com pé crê com lê lá vou eu de novo o menestrel do bacharel sem nunca no entanto ser o seu réu repito displicentemente subo pequenos lances de degraus já com a chave na mão ligo o carro antes mesmo de ter chegado ao estacionamento não esquecerei de que precisas de versos dourados aí estão leve-os ao ourives dos campos elíseos ou ao liceu de sartre matei o lobo mal o rapezinho da vovó para fazer versos em pó ouvindo estórias das minas geralmente à noite antes dos lobisomens frágil como porcelana inocente esperando o primeiro ato indecente para ver apodrecer os dentes ainda na primeira infância sem rádio ouvíamos a divina alves de jesus interpretar com caixa de fósforos as canções da paulicéia desvairada lenço sujo de barro de tabaco guardado no outro bolso longe do dinheiro pouco que era sempre o tesouro de toda a família luta interna lá vai a lança do guerreiro boiando rio abaixo onde está o guerreiro que não acho estaria dentro de mim dormindo num capacito não não posso rimar com riacho mesmo que seja limpo e florido é apenas escape de poeta vaidoso voltemos então à possibilidade do guerreiro que deixou sua lança cair no rio das opiniões nado até o rio das reminiscências pego minha lança e cravo-a no peito do mal aí então a vida se abre novamente as águas se acalmam e não preciso mais fazer rimas amargas ação reação o carmo tem seu karma qual é o karma do carmo do carmo vei gismont com giz traço o karma do carmo arquiteto do seu próprio jardim o carmo traça seu próprio karma e no emaranhado do meu folhetim talvez não possa ver o meu próprio karma cala então os traços e deixa o carmo com ferro tijolos e flores seguir o seu caminho mesmo que esbarre no karma acalanto algodão faz abrasiva a mão roca faz o cordão tear faz a coberta esconderijo noturno de toda sofri dão meu amigo que já trabalhou na roça me disse que adora cheiro de mato roçado e que o trabalho no campo é prazeroso irlanda católicos x protestantes me parece faltar o tempero do negro o negro para temperar moqueca feijão e vatapá as pedras que rolam procuram o diamante negro e grita eu não consigo me satisfazer simpatia pelo demônio no rio cartola tira as rosas não falam e nelson sargento e elton medeiros reverenciam-no em um réquiem para dona zica algodão na mão negra da criança indefesa é música em qualquer parte do planeta de rara beleza borzoi sem comprometer a simetria os preferimos grandes e altos os galgos os bailarinos no frio em velocidade o casaco de pele natural deixa a cabeça em seta rumo ao lobo no colo do dono prontos para o abate final anelados com a calda escondida miram o horizonte invisível branco orelhas postadas para trás rosas murchas ouvem a sinfonia do vento fotografei um no azul do brasil nada fiel com a boca aberta e língua de fora pêlo caindo enfeita a minha sala como gostaria de vê-los em ação na rússia no frio em neve aberta e depois tê-los aos meus pés ao lado da lareira com samovar régio alimento vou diagramar o regimento perfilar em fila de formiga com açúcar em preto e branco até dar água na boca quando estiver bem quadradinho com sete cores e sete notas musicais vou cozinhá-los no banho maria até dar ponto de corte deixarei esfriar levarei à geladeira depois servirei com uva passa enfeitando em rosa dos ventos no prato branco sobre a mesa clara para acompanhar o vermelho de todos nós o fígado de prometeu arroz chinês e muita água do letes sexta-feira sete me deixaram sozinho à tarde no salão branco em maio com céu carregado de frio a perspectiva ministerial se fecha em janela aberta o chumbo fica nos dentes trás rua fumaça barulho de motocicleta a banca de revista vai fechar as enceradeiras foram ligadas o menino da limpeza lê jornal no balcão com as duas mãos sobre a cabeça pouco a pouco vão saindo os funcionários circunspectos é sexta-feira os aviões partiram em direção a todos os estados com lanche a bordo e medo camuflado as luzes vão acendendo em salas quase vazias às vezes passa um conhecido e quebro o relato para falarmos de dor de país de nada um cumprimento vários bons fins de semana até segunda cão-fussão funcionário público o que é uma gaveta um armário talvez um fichário acho que é um calendário uma folhinha com paisagens bonitas e números implacáveis embaixo corredores em desfiladeiros um desfile que nenhum estilista gostaria de assinar o herói e seu cavalo negro parece não encontrar a saída já sei vamos pintar tudo de cinza escolheremos homens de dois metros de altura com ternos bem cortados e da mesma cor mulheres magras e altas vestindo um uniforme caqui todos bem treinados polidos impenetráveis admirável mundo novo sem o índio tudo bem resolvido secreto e inatingível atendendo por computador o público em suas casas pois o público não pode entender esta profissão de fé diálogo palaciano quanto é o programa apenas um empréstimo com desconto em folha e tenho opções quanto a cor do carnê claro até quanto ao gênero como sim sodoma e gomorra ah este palácio está cada vez mais convidativo espetacular e tudo isto no horário de trabalho né sim nosso banco de dados está cada dia mais sofisticado temos de tudo para agradar qualquer paladar não existe o risco de uma produção independente não somos todos vacinados mensalmente qualidade total prazer garantido vamos fazer o seguinte pego hoje com você e nos meses seguintes com todos os outros colegas é que sou insaciável negócio fechado se for o treinamento só tem eficiência quando queremos treinar e temos um objetivo a ser conquistado uma meta ele o treinamento precisa ter estímulo e descanso o sujeito que está sendo treinado tem que ter inteira confiança no treinador o treinamento há que respeitar a individualidade de cada um ou seja não podemos querer que todos tenham o mesmo lastro fisiológico precisamos também respeitar as condições climáticas e psico-sociológicas do lugar ou seja o que funciona para os americanos pode ser prejudicial para os franceses e etc os vícios adquiridos ao longo da vida talvez não possam mais serem corrigidos por isto o treinador precisa trabalhar com o que tem de melhor em cada um o potencial de cada um e é de suma importância saber a hora de parar pois como se diz no linguajar corre-se o risco de virar o fio o super treinamento e colocar tudo a perder mas que bobagem a minha quem depois de tantos anos na mesma modalidade está interessado em treinamento fiquemos então com o treinamento natural como construir seu departamento pegue pessoas com influências políticas estas pessoas vão ocupar os cargos mais altos faça parcerias com empresas para cursos miraculosos reuniões e mais reuniões para não decidir nada em favor da maioria faça promessas e mais promessas e peça tempo para cumpri-las participe de festas e pescarias caia de pára-quedas na portaria não é preciso competência mas sim ser negociante um hábil negociante mentir de cara limpa enrolar protelar finalmente espalhe sua rede por toda a cidade com todas as forças depois é só envelhecer no poder não tem importância nunca consegui criar um cão com toda a capacidade do seu temperamento um cão que fosse minha terceira mão limpo saudável adestrado e eficiente ainda assim quero entender de cão falar que os galgos são bailarinos receitar determinadas raças com qualidades a serem exploradas critico as pessoas do meu país por não entenderem de cão enquanto eu mesmo não tive paciência com eles criarei ainda um só cão como deve ser criado tudo na minha vida foi assim não só com os cães mas com as filhas com a esposa com os amigos e com o trabalho sempre o mesmo entusiasmo o empolgação com o novo o prazer da descoberta e depois o desleixo a descrença e a preguiça talvez por isto esta poesia que não é poesia este fazer desfeito este remendo com espinho e cipó o nó mal feito a desatar dois mil e três não vou viajar mas também não vou ficar não vou pesquisar e tão pouco estudar vou sim deixar o meu olhar de vaca atolada espalhar pequenos vaga-lumes por aí em volta das cabeças dos homens bota nova indumentária impecável cabelo cortado barbeado e falando como um roceiro que não vai ter terra um jeca tatu dourado a arte armada em sala de palácios e o cão acompanhando voltaire por pequenos mandar embora escorraçar a fama e o podium nem no lar já sou o primeiro lugar deixo as dores do mundo bem guardadas no subsolo do poder empoeirando eterno retorno n° 8 se você fosse fazer um retrato fiel disto aqui um retrato de vinte e três anos o quê colocaria de fundo eu coloco abissal bem lá no fundo com muito muito sal e de toda encheção de saco basto do estado de espírito caduco da solidão deserto da repetição fac-símile e do medo gigantesco hã iaiá mas você não sabe o que já passei aqui juro pelo czar um labor macabro o nó oculto palavra que reina sem titubear uma vida watt é potência xadrez é a dualidade e o jogo pois também sei jogar o y é variante e tenho ainda na mão o zape o quatro de paus a pedra que deixo cair no fundo do poço sei que isto não explica o meu n° 8 mas posso estar mostrando páginas que balzac não quis mostrar ou mesmo estar indo de encontro ao tempo perdido e como não entendo as atitudes dos poderosos como querem entender o meu poder escrever tenho sim é muita coragem de mostrar o que sou e não o que poderia ser sou tudo que disserem de mim e mais alguma coisa que não pode imaginar nasci com a janela aberta para a fábrica de nitroglicerina vendo um tietê passar carregado de detritos no ponto da trotil aberto em b há quantos anos ele fica ali sentado olhando os homens percorrerem seus caminhos comparando os homens que já se foram com os que estão vivos quieto com seu olhar global vê todos com a mesma intensidade nada lhe passa despercebido quando se zanga manda um trovão um raio nem isto ele não tem controle das intempéries de nada ele apenas olha tudo e todos sem interferir em nada sabe de tudo e não tem como comunicar quantos poetas tentaram interpretá-lo quantos até interrogaram-no sem resposta enquanto dia ele ainda é o arquétipo da visão pasmo rumina e contempla vai concreto vão os homens fragmentam-se idéias e pensamentos tudo retorna ao cosmo e ele sempre o dia a luz a visão independente de qualquer coisa espaço cultural depois de um dia de trabalho as musas chegam com as suas cordas e os seus arcos de luz e tocam o trenzinho caipira toda a bagagem vai embora e fica o homem livre de qualquer carga assim o funcionário pode suportar melhor o peso dos anos doados à casa das leis perceber o lobo vivo ainda dentro olhando a lua uivando a amargura para poder novamente deitar em paz um poema uma canção um fotograma uma pintura e a dança do corpo o teatro da vida poesia a mais pura heresia vira religião é ela que dá vida à sua palavra morta engorda a palavra seca do seu dia a dia em gravidez de parto natural ela é a rainha das palavras do seu casulo voam sempre as mais lindas asas não pense você que é mera fantasia é sim filosofia psicologia história jornalismo e todas as outras cadeiras em um único banco de madeira de lei grita na calada da página murmura baixinho no ouvido afinado samba desengonçada na calçada da fama lamenta sem perder a nobreza faz sempre sem encomenda ou precisão sempre terá um demônio soprando nos ouvidos de caramujo mar mar mar exclamação a poesia na porta você não abre o cão querendo trabalho você não dá a bicicleta polida você não anda a lente aberta você não revela o tabuleiro na mesa você não joga dez versos no verso do rótulo você não descola uma dúzia agora você não vai à livraria a música silenciosa você não ouve você não abre dá anda revela o jogo descola o livro e ouve o meu pedido me deixa ir embora república um vidro enrugado espelho revela a velha cidade luz artificial ofusca o projeto original transparência que não deixa ver espelho d'água sujo de bosta patos marrecos gansos carpas o musgo do poder empregos nas satélites funcionário público bem pago plano piloto suspenso limpo no ar assim a nave brasília seria o único disco voador com extraterrestres perfeitos bonitos limpos e inteligentes as tesourinhas os bem-te-vis as corujinhas os quero-queros voariam em paz anti-tudo o que tu arrastas pesa mais teus pesadelos são mais horríveis teu terno antiquado você é não pintura o peso de ignorância fica do lado de lá ruas sem perceber as cinzas as estrias galanteador olha como balanço corpo e alma em espasmos anti sociais rigorosamente pedras sem musgo quadrilha guarda-roupa guarda-móveis guarda-trilhos guarda-volumes só não guarda-segredos direito-civil direito-criminal direito-penal direito-policial só não saber-direito policia civil policia federal policia militar policia legislativa só não policia familiar gratificação temporal gratificação atemporal gratificação politiqueira gratificação gratuita só não gratificação justa açúcar união corpo união amizade união trabalho união só não boa união letra corporativista letra morta letra sofista letra administrativa só não letra autêntica discurso escritura doxa escrita não vou substituir um poder por outro crônica da caatinga na terra do catingueiro é costume de qualquer nativo acertar dentro do cartucho vazio eles colocam o cartucho vazio a uns 20 metros de distância e com um revólver calibre 38 acertam dentro do outro e quem pensar que pode ser mentira aviso que o catingueiro tem uma cicatriz do lado esquerdo do rosto feita por um projétil que acertando o alvo e este estava ainda com pólvora e espoleta foi devolvido e veio de encontro ao rosto do nosso amigo catingueiro é algum gaiato quis lhe pregar um susto o catingueiro conta tudo isto e ri bem tranqüilo sem querer parecer fanfarrão ou ostentar qualquer habilidade que não seja sua além disto outro dia apareceu um louco aqui na portaria e acabou saído em direção ao senado o policial de lá veio querer saber de onde veio o louco e começou a dar a entender que o maluco era nosso hoje catingueiro sem levantar do lugar mandou esta eu estava monitorando ele daqui ele já estava sendo mobilizado é gente isto que é ser brasileiro filipaper papel importado que não rasga te vi pela primeira vez servindo de n° na maratona de brasília papel para o meu desenho onde está você que amarrota e crepita como fagulhas n° são joão papel de pão do saulim iluminou este cérebro no frio da lagoa das três meninas papel de seda que fiz subir com os dedos sempre sujos de cola de arroz papel que faço papel a que me presto papel resto rio de lágrimas você deveria chorar por quem nunca existiu nem mesmo por aqueles que escorreram pelo ralo mas chorar sim por aqueles que nunca existiram e tampouco vão existir chore pelo projeto de homem ideal pelo super-homem vamos chorar juntos por todos aqueles que nunca vão habitar em lugar algum vamos chorar poesia chorar a chuva de toda uma existência meu pranto é por tudo que nunca será realizado choro por isto 450 são paulo ouvia desde cedo são paulo saía a trabalhar tio avô mãe primos são paulo tinha em casa a medalha comemorativa dos seus 400 anos são paulo time de futebol da minha tia são paulo onde os mineiros vinham trabalhar querendo casa querendo progresso são paulo repeti incansavelmente para quase todos que conhecia sou de são paulo só hoje tenho medo te vejo complexo imenso carrasco vampiro fico então com o centro velho em preto e branco ou a visão noturna do teto da cidade guardado em quarto de hotel escoltado por táxi seguro nunca mais andarei andarilho como tanto andei são paulo relatório diante da máquina de frango assado o bom cão de raça que só come ração ignora o cheiro apenas olha o formato que gira lento como as seis horas de plantão familiarizado que está com a rotação quente o barulho da máquina acalenta o coração treinado em estradas do rei ele bem sabe que não precisa latir pois o bote da cobra vai desdobrar em espiral assim que for preciso e a ladainha dos passantes provoca uma leve e imperceptível oscilação em suas orelhas em pé uma dúzia por favor o mahabarata ao povo a bíblia ao povo gostamos de ler o que não entendemos adoramos falar o que não sabemos fingimos ouvir o que não faremos a confusão dentro do formigueiro acaba em buraco alheio a trilha das estrelas tão segura ao suspensório do palhaço um selo um carimbo uma marca de ferro quente instalação as marcas de marrom nas folhas amarelas ferrugem em eixo de aço rapé no nariz do velho são imagens vistas por alguém que não abandonou o cenário do filme calmo que mostra cidade abandonada e esperança sentada a espera do novo brotando ou não a espera ainda assim é o ponto onde a câmera pára por segundos eternos e revela muito mais de nós que do enredo a película parece rebentar estalar queremos neste momento o filme de nossas vidas compartilhado com o autor facção administração de segunda intenção de separações conjugais acostumados desde casa a não ensinar nem os próprios filhos trastes sociais a procura de modismos para lidar no mercado marcados para lidar com mercadoria barata atarantados diante do vil metal de falia filho fio feio fim em mim não vai enfiar a faca vômito quando você superficialmente fala mentindo você só está falando com você mesmo já não estou presente sua voz está diante do espelho e volta e potencializa as minhas supostas derrotas são as vitórias do que sou enquanto estavas por aí mercadante eu já tinha descido até ao inferno de dante não com dali mas com blake não me alimento na sua mesa tenho velhos dentro de mim não sei do olhar patético tenho uma cadela velha silenciosa venda o seu produto hoje compra-se de tudo homens do norte precisam de sorte moça do sudoeste quer o everest acho que vou voltar para cama matinê a película cult que rolou nestes últimos minutos é minha vida de cachorro e como eu sei que neste país poucos são os que sabem criá-los não me importo com o resultado final tampouco dou a mínima para quem será o meu próximo dono um dia no final contarei a quantos príncipes servi os bons e os maus serão lembrados e aí então só restará o olhar obrigado por lerem tem rei momo alugou uma asa e mergulhou no lago contratou o exército com farda de gala vai acabar dando jornal nacional com a cabeça oxigenada joga golf na esplanada fala a linguagem da molecada com moqueca profissional e outras paradas contratou gago para dar entrevista em revista de uma página só é matéria de capa motorista segurança como pão de açúcar fala bem dele mesmo dizendo que igual que nem que eu só eu paga rodízio grátis por dois anos aos fiéis escudeiros é o rei do terreiro num tergal de fazer dó fica duro faz escola de samba com maestro promete ficar fidel com bandeira de camaleão deixa uns mininu brincá é engraçado os meninos fazendo politiquinha nos corredores do congresso nacional passam anéis tiram o chapéu para qualquer um e fazem um barulho danado por nada tem um senhor que gosta de meninos barulhentos e mal educados tentando ser moderno empresta ferramentas antigas de coronéis e senhores de engenho só para ver os meninos contentes tem menino que brinca de ser che guevara outro de advogado do diabo outro ainda de ser chirchol até no corpo e no charuto as meninas de maria bonita ana néri chicholina e etc tem pra todo gosto outro dia ofereci um exemplar do pequeno príncipe a um deles riram de mim e até hoje não sou bem visto entre eles mas não desisti qualquer hora faço com que leiam extorias extraordinárias do meu amigo edgar alan poe 3ª visão vão ser colocadas câmeras em todos os lugares até nas salas secretas onde é decidido o futuro dos donos do poder é vamos poder ouvir quando os senhores de engenho falam as palavras chaves que mantêm a mesma casta no poder você homem comum vai poder ver o ensaio da peça que vem sendo encenada desde os mais remotos tempos ninguém mais vai errar sem ter descoberto finalmente teremos justiça devolverão tudo que é de cada um da minha parte eu quero a minha paz os meus anos perdidos o meu espaço e todas as coisas que me foram tiradas por incompetência de administradores sem visão ou será que estas câmeras têm o mesmo efeito daquelas que filmam os morros do rio mostram na televisão e continua a mesma coisa a sugestão que dou é que as pessoas que vão monitorar o que vai ser filmado sejam pessoas que vêm sendo lesadas ao longo da história é pedir demais então que as imagens cheguem em todos os lares do país e que também tenha câmeras nas cabines dos monitores das câmeras que burro que sou terá câmeras em todos os lugares é parabéns ao dono da idéia assim fica resolvido todo o problema do homem sobre a terra não falta ainda câmeras para os sonhos para os pensamentos artefatos assim como destruíram as palavras vão destruir as imagens ases sobre a mesa quero a câmera de glauber dinheiro pra comprar dinheiro e a cultura da dança você é um fracassado prefiro balé clássico livros com rótulos arte com indicação e o banquete apenas armação instalação universidade tacape no tacanho mando de campo só na cabeça do dono da bola foi no caminho da escola que aprendi a escrever a noite me transformo em um morcego gigante que estende as asas por toda a cidade e numa só chupada bebe do sangue de todos vocês tenho em minhas veias pelo menos uma gota do sangue de cada um santos aceitei talvez por vovó tanto rezar não quis o mosqueteiro deixei com o irmão mais velho precisava navegar e engolir o máximo de microorganismos mundo afora moby dick não me enquadro em nenhum grupo não sou fiel a nenhuma canção visto calção antiquado e deslizo com tripas continentais alemãs com tiras francesas michelin com balões tiogo iogo na posição de lótus que inventei para correr de todo e qualquer sistema em cada centímetro escrito está a chama do gás da nitro química a tubulação subterrânea que pode explodir a qualquer momento ou apodrecer de velha e ninguém ficar sabendo vamos sair com saia de chita com lamparina de querosene o jenipapo servindo de sumo a rua 3 lavando o luis xv no banho tcheco não tamanco tacanho então um tacape para você não é poema arrumem a casa que a sua mãe foi ali em planaltina buscar 80 reais vai chegar cansada e quer almoço feito pelas lindinhas recado danos aos donos do futuro digo que a escada só escorrega para aqueles que não subiram os degraus pois realmente quem escalou o degrau estes não escorregam jamais pode até errar como leminski mas não descem degraus apenas por escorregar mas para achar a saída saída pelo tato na torre do bombeiro surrealista em uma reunião em brasília eu sou advogado eu geógrafo ou dentista eu turista eu arquiteto eu jornalista eu historiador eu psicólogo eu administrador e você o que é eu hum sou segurança cor céu uma história muito lamentável não russa mas nossa inteiramente nossa ser humanista só na diplomacia é ser egoísta em alta demasia penetra na festa e veja o que resta o canto do cão mestiço talvez nem isso o risco do contrato social alta tensão fio desencapado cuidado na passarela do samba orfeu caiu ah mas ninguém viu mim ninguém zé ninguém réquiem para o humano demasiado humano vamos esperar o cavalo passar e abraçar abraçar entrelaçar e beijar integração as polícias vão fazer jardinagem e prometem disparar muitos tiros para cima sem atingir a bunda dos anjos é claro homens fortes musculosos risonhos verdadeiros samurais marcialmente ligados a marte frios e calculistas mas bondosos e humanos tranqüilo e infalível como bruce Lee li um dia no rádio com tempo suficiente para ler até morrer e não só ler para curso ter o trem passando com vagões cobertos por veludo vermelho garçom a bordo até o rio de janeiro na minha infância repleta de estrangeiros bordo com fios de ouro o tolo da rima rápida infantil que nenhum titio vai ler para você monteiro meu mosteiro minha neurose moço bom e distinto com distintivo a tira colo deixa eu regar a sua orquídea negra deixa eu podar o seu bonsai sete estrofes repletas de filosofia um filão com casca grossa para ser degustado em uma tarde ensolarada de um bairro qualquer sonho em câmera lenta iluminado por uma luz amarela a grande maioria das coisas fora de foco um enredo muito particular quase sem lei parece não ter som é sem som rostos distorcidos mortos vivos e alguns mesmo desconhecidos vagueiam e quantos destes longas que não consigo mais passar só para ver passar passado passado passado regi men tal encontrei poesia no regimento flexibilidade de asa em vôo noturno o general jp decidindo a palavra final escrevi grid de gp com j não tem portancia escrevo grão lançado e devolvo o g ao palácio devolvo a dança mágica estar calar fazer tão lúdica as leis e eu não sabia parece tanto com o xadrez deve ser por isso que os reis os generais gostam tanto de xadrez salvo que no xadrez a regra não é flexível poder brincar com algo tão exato e ao mesmo tempo revelar todo o mistério de nós mesmos o esboço sempre mais bonito que o desenho definitivo a caneta levando a mão do artista já velho oscar entro e saio no terreno alheio sem deixar rastro sujo minha cartilha como cartão de apresentação volta ao mundo mais rápido que júlio verne politicamente correto tomar café em copo plástico não faz mal à saúde passar no raio x e detector de metais não faz mal à saúde telefone celular não faz mal à saúde antena parabólica não faz mal à saúde televisão não faz mal à saúde cerveja não faz mal à saúde barulho não faz mal à saúde poluição não faz mal à saúde eletricidade não faz mal à saúde falar mal dos outros não faz mal à saúde açúcar branco não faz mal à saúde cigarro não faz mal à saúde comer fora de hora não faz mal à saúde desrespeitar tudo e todos não faz mal à saúde o bem não faz mal à saúde o que faz mal à saúde é criticar fazer poesia embalar o choro de quem ri drasticamente permanent marker vejo o sangue passar para ampola liovid sharpie a luz vai caindo numa velocidade desconhecida voz da moça distante já posso sair foi colhida a tinta mamãe me espera na outra sala junto com gepeto ele é um bom velhinho vai me curar vamos ver os patos e as primas a doença vira passeio sempre foi assim uma doença como recreio uma nova dieta só para mim fui aprendendo a lidar com agulhas até ser capaz de enfiá-las eu mesmo no meu corpo em exibição aos amigos ação prolongada ap experimentei e dei início a maratona a dor como veículo de consciência na instinta busca da sabedoria folhas secas gasto já não tem capim no mato maltrato o verbo gastado rosto nariz linha delineada estrada verde na manhã perdida em busca do bico de pimenta papo de anjo papo de galo que flor era aquela da serra mineira sem nada nas costas a manhã soprava o vento quente da adolescência fico com bico de lacre fiz um verso de pombo correio de triângulo das bermudas um verbo pequeno príncipe alaúde as palavras vão bater palmas como gaivotas vão bater asas estou em cima do telhado do coreto tenho em minhas mãos o microfone vejo as palavras sobrevoando a candangolândia elas não tomam o rumo do aeroporto não elas pairam por sobre a cidade mãe onde estão os pioneiros para observar o vôo das palavras hoje é o dia do poeta ele estava escondido no meio de vocês hoje solta palavras anunciando o mar anunciando o azul noite que vira e como o manto do peregrino servirá de cobertor a todos vocês guardei em todos os guetos da minha viajem a doce palavra fazer sim faço cão voador ciclista em flor calção do meu amor figurinhas de a dama e o vagabundo peguem são suas atrás dos olhos o avô do charles já ouvia stones na inglaterra mineira as grandes pedras fincadas por toda serpente da estrada ouvi de costas para o poente tudo que é luz ficando pelo retrovisor a caminho do canto lírico da moça quase importada sempre a revelação inesperada seja na estrada ou na calçada os negros brancos abrindo a boca cheia de grilhões uso asa 3200 e em oito chapas tento registrar tudo que me escapa em música em estórias inacabadas de mineradores barroco do barro oco saí da olaria desci até o tietê me banhei escondido cortei uma vara de pau pereira e levei para vovó me corrigir santo do pau oco vi ninho de passarinho verde ninho de égua fui até o boi sentado tomei caldo de cana no casteluc atravessei o matagal violão de pau vi o saulim embrulhar com papel de pão mágico a viola tomou sereno e tocou os demônios da garoa adoniran bachiana ela sopro fubá as rolas voaram e minha arapuca de assa-peixe ficou presa na forquilha de ébano barro vermelho barro preto sujei os pés no barro do parque paulistano foi assim que me tornei barroco aleijadinho em santos dumont não toquei violão emetropia o doutor everton meneses foi até o templo da sabedoria assistir a uma palestra sobre grécia antiga assim que terminou a palestra ele disse realmente todo calado é um sábio quando estive na sorbone com a minha capa de drácula constatei tudo isso que o professor terminou de explanar embasado no embuço transmito direto da rádio pirata do irmão do joão de aquino aquela em cima da rádio globo na velha brasilândia da suvale que emenda não serve para emersão só ermético e ao eminente de dentro dos bustos dos presidentes americanos faço calar a parte concedida em frases de efeito pois o defeito está em rambo não em rimbaud e saio cantando lá na escola a professora me dá sempre cem diz papai diz mamãe muito bem bererembem ou eu sou um menino legal lá vou eu brasilândia de minas não tínhamos muito o que fazer subimos a serra para tomar o remedinho rosa do seu aníbal aquele que não gostava de assobio misturamos com tetraclorotileno lombrigueiro e dividimos a poção para quatro tobias toninho eu e armardo por cima da cidade ficamos esperando o efeito milagroso foi quando vi entre pedras o sapinho colorido cheio de confetes não acreditaram então comecei a remover pedras para provar que sapos coloridos existem a febre tomou conta do meu corpo e todos sintonizaram na mesma estação removendo pedras cada vez maiores daí começamos a rolar pedras serra abaixo e só paramos quando uma de uma meia tonelada quase esmagou a casa de um vizinho do zé lucas salvos por uma estaca de aroeira resolvemos ir para a cachoeira tomar banho e rir escrever nas pedras nossos nomes cravar a vida de adolescente provincianos ainda perguntaram na corruptela quem estava quebrando pedras na serra seis por nove a poesia não é fofoca do dia a dia para ser interpretada por psicólogos de meia pataca ela é tagore sentado no alto do monte na sua índia de mil e uma seitas a poesia não nasceu de madrugada para ser enjaulada em gabinetes tão pouco para ser vendida ingrata dos lábios molhados em mil e uma reuniões o crioulo doido tinha medo do mundo acabar foi para o alto do morro com uma garrafa de marafo mas a chuva lavou e o crioulo acordou para a vida virou travesti tresloucada nunca mais foi incomodada caí do telhado vendo a sueca a laica em órbita russa boxe narrado pelo rádio conserto telhados e caio no rio letes horley sem dizer um pingo o branco do papel sujei quadrinha quadrilha ping danc saltei sob olhares imperfeito do sub-juntinho leitura de entretenimento só para jumento me volto voltaire sempre dirá o que quiser cacarecos cocorocós surdos ao ritmo do i imprevistos televisivos matei todas as aulas de gramática cabulei e fui até a linha do trem ler gibi jogar pedras amor murinho querida o que me dizes da sua maratona dos seus quarenta e dois quilômetros e cento e noventa e cinco minutos momentos com os capetas espaços em branco momentos com os deuses do olimpo daqui de fora me parece que você teve um grande trem um ritmo invejável o compasso da campeã sabemos que a estrada é nua mas insistimos em vesti-la com folhas amarelas vento sol e movimento damos movimento à estrada tigela branca com água fresca beba o bem-te-vi canta a fêmea já preparou o ninho a corrida não passou do murinho o tal da coisa eu não escrevo à máquina escrevo com a pinça dedos apoiados por um terceiro que pode ser suspendido a qualquer momento pois quanto à máquina sei das engrenagens que faz girar quando as pernas dançam a cultura da linguagem do corpo e a câmara e a idéia sal de glauber que tomei desde pequeno para fazer vomitar tudo que me faz mal os meus camaradas são gorki tolstoi dostoievski e todos os nikitas deste planeta que me recebem sempre que volto a vida que imita a arte mente toda verdade em asas de borboletas em rastro de cobra em trajeto de ave migratória retrato amarelo entreguei em suas mãos minha carreira e minha família quadradinho amarradinho como num escrito técnico grandes olhos me ficaram como grades de uma residência suntuosa onde sempre entro sem quebrar nada sem levar nada depositei em suas mãos rusticamente a serpente sabendo que já não se lêem mais pequeno príncipe e só vovó lia o príncipe grandes cílios ficaram como uma cortina que faltou no contra luz do nosso primeiro encontro nada mudou desde que entrei pela primeira vez no gabinete do diretor da escola do jardim helena não sei mesmo brincar de bandido e mocinho prefiro ser whitman e soltar os loucos levá-los para passear por dentro dos córregos das minhas lembranças conversa são pessoas conversando em inglês e pessoas com cara de compreensão tudo em vão no verão de são paulo no hotel íbis o vôo mais rasante que dei um pulo a são paulo fotografia de asa dura à prova d'água chuvisco de verão chuvisco de verão assim passo a caneta no alto sem estilo não é jagger não é simone beauvoir onde está o meu sartre escondido na gaveta 2ª estrofe vôo nº 3 a velocidade de cima é lenta parece terra de gigantes o que faz os homens lá embaixo existe mesmo vida lá embaixo círculos trilhas de formigas não vejo nada só algodão doce e um rasgo de cores ao cair da noite e pousar em são paulo hotel íbis ave não sei eu sei que estou de volta sem pressa sem ter que ir a lugar algum o irmão tem compromissos e as voltas são cada vez mais raras mais frias não de dentro do meu coração que explode em luzes e prédios altos alto astral no parque colocamos as máquinas no parque não as máquinas de cortar grama mas sim nossas maravilhosas máquinas de duas rodas sem motor assim começamos a deslizar numa manhã de julho de um ano de 2002 dois dois com dois pneus finos no meio eu e chicão novamente na estrada subindo de posto vou comprar uma cadeira de lona daquelas de diretor de cinema vou colocá-la em minha varanda e munido de uma câmara de vídeo destas que são vendidas nas feiras do meu país esperarei a pergunta fatídica o que está fazendo direi então agora sou diretor de cinema ps não esquecerei o charuto a testeira e o ar de intelectual vida prisão preso ao tempo preso ao preço preso a liberdade sempre preso preso aos costumes preso a morte preso ao contrato social preso preso preso quem não está preso a alguma coisa preso ao poema preso a continuação preso a qualidade preso a vulgaridade preso preso preso preso a mídia preso a vida preso ao esquema preso a tudo preço preço preço partir ficando preciso me afastar dos homens pelo menos por um período ficar distante dos parentes principalmente começar a preparação para a velhice organizar o meu canto aí então poderei receber visitas com a reflexão exata como foi difícil para mim lidar com todos até aqui sempre arrumando alguma confusão um passo até a solidão uma porta fechada para escrever a minha estória em preto e branco ultima tentativa os homens não são o que você quer que eles sejam nem tampouco a filosofia vai ajudar a mostrar o caminho da vitória você sabe disso mas tem saudades de vovó quer brincar de ajudar quer brincar de voltar quer brincar com as amarras soltar as amarras padronizadas é impossível desta maneira despedida ter a calma de olhar nos olhos e dizer que vai partir partido o bolo e repartido os trocados não resta mais nada senão a estrada esta mestra que me acompanha desde a infância seja de chevrolet belair ou de bicicleta rumamos rumo ao nada jogando fora a palavra jogada por tudo quanto é canto canto desconhecido de ave em extinção percorre a periferia em trilhas de becos sujos sempre com merda pelo chão um gesto para substituir a palavra seria mais eficiente como organização a palavra solta não tem ouvidos como funil usarei então a palavra hábito e habitarei a ilusão fado vou escrever fácil para você sei que está faltando paz ou tanto faz dois bois vários sóis nos nós em nossas gargantas os gatos nos telhados gastos obliterados gostos oblíquos no internato desenho eu quero deixar o meu grito ecoar nas montanhas e eternizar a tarde violeta para servir de último prazer a um moribundo que por ali passar um grito como último prazer e fecha-se as cortinas desanalise eu também sei analisar os analistas eles como não sabem fazer nada querem apontar a direção por onde o poeta voou o poema esteve sentado o tempo todo olhando para vocês e não foi visto bom de ler baudelaire põe tino no ópio e deixa estar poetas e analistas só falta os jornalistas e está completo o quadro side- car os homens querem fazer comércio até na sala de aula impor o verso declamem clamam e reclamam pelos poetas querem poetas a seu serviço poetas não trabalham para ninguém não imitam ninguém não analisam a superfície sociedade de pulgas punguistas de dedos finos vou deixar a carteira em casa com o meu último poema the rolling stones não conviverei com os filhotes nem com os pais nem com os donos apenas conviverei com os cães com pedigree aqueles que escolherei entre os melhores não sou moço de família não sou moço de universidade não sou moço de carreira apenas o velho menino bola 7 não tenho mais o que lhe ensinar amasse latinhas e dê tiauzinho invente comidinha pro seu gatinho já desenrolei o estilingue você no seu poleiro de peito aberto é um alvo fácil a sua sorte é que parei de matar joão bobo no alto do galho mais alto olhando a pedra passar desconhecendo não quero conhecer a música e suas cifras que é para não perder o encanto assim como tudo que fui conhecendo e logo perdi a ilusão maior o brinquedo de menino parece que não conhecer os ídolos é a mesma coisa podemos nos decepcionar e ficar sem ídolos destilado brinco de escrever pois as varetas de bom bambu estão cada vez mais raras e uma preguiça morna já não me deixa colocar nada no ar sou araújo sempre gostei de coisas leves eu mesmo que já fui chamado de magrelo milho de grilo grelo para o mais íntimo foi na estrada com os pés no ar que aprendi tudo sobre vocês correndo de casa correndo de mim correndo de qualquer sistema que não fosse o meu caos brincar com coisas leves balão pião rojão ladrão e papagaio ou quadrado no meu bairro agora galgo fotografia desenho e poesia se houver um resto ainda no bolso de durango kid...

Capítulo 3
A VIAGEM

Isto, era o que se passava na cabeça de josé simão vieira, sempre que ia ver os seus filmes suecos prediletos, a sua diversão preferida nas poucas horas de folga. josé, como gostava de ser chamado, era um poeta renomado, pelo menos no seu meio, um homem de letras, havia dedicado toda a sua existência ao nobre, o fora de moda ofício de escritor. alguns prêmios na carreira, mas como não era afeito a mídia, nunca estourou como escritor. cumpriu sua longa e penosa carreira de policial e agora esperava quieto no seu canto a glória, o fracasso, alguma crítica internacional... ou mesmo o esquecimento. josé simão contava então com cinqüenta e seis anos, filhos casados e resolvidos, uma esposa compreensiva e os amigos de sempre: escritores, policiais, etc. um corpo ainda atlético, pois sempre foi um ciclista respeitado na cidade, chegando mesmo a ganhar uma vez uma prova local por equipes, nada muito expressivo mas ganhou. adorava a bicicleta e quando não se distraia no cinema, eram seus pequenos treinos de uma hora, a sua válvula de escape. numa manhã em que se preparava para sair de bicicleta, o telefone tocou, era um alemão que dizendo conhecer a sua poesia queria marcar um encontro com promessas de tradução para o alemão, inclusão em um projeto mundial e toda esta parafernália de artistas de renome internacional. ele mal pôde respirar e disse: — quando?

a resposta veio seca: — hoje !

— pode ser depois da minha pedalada?

— sim, às 9h30 está bom?

— combinado, aqui em casa. deu o endereço, colocou o telefone sobre o sofá e saiu.

sempre que pedalava fazia um percurso de ida e volta pela parte mais tranqüila da cidade, e neste momento ele não era policial, nem escritor, apenas um animal em cima do seu brinquedo predileto. só que nesta manhã parecia não estar pedalando, mas sim sentado na primeira fila do velho cinema, olhando as imagens calmas dos seus filmes suecos, e o pensamento começou a rodar... seu filme paralelo, ele não via trânsito, não sentia subidas ou descidas, decididamente ele estava sentado quieto no cinema. a bicicleta italiana, a primeira e única com seus trinta e três anos de uso, conduziu a cena com perfeição de cavalo adestrado. chegou, acordou do sonho, guardou a máquina no seu studium e tomou um longo banho. assim que saiu do banheiro, foi até a cozinha e comunicou à fiel esposa da visita do alemão, foi para o quarto e colocou sua roupa simples: bermuda, camiseta e chinelos de dedo. às 9h30, em ponto, parou um carro verde na sua porta e ele foi abrir e deu de cara com um sujeito alto, branco, atlético, de olhos azuis, que foi logo se apresentando: lysewe e ele, josé. entraram sentaram e o alemão começou sua explanação psicodélica, falou que ficou conhecendo seu trabalho em paris, que rodava o mundo todo com seu projeto de cidade ideal, uma espécie de república de platão adaptada para as artes visuais e que a poesia do nosso josé era o retrato fiel do seu trabalho, na pausa do alemão josé lhe ofereceu suco de pitanga que a esposa trouxe sorridente e olhando no fundo daquele par de mares. perguntou: — o que você quer de mim? o tal lysewe engasgou e num sorriso sem graça explicou: — quero filmar a sua poesia, quero dar imagens nunca feitas antes à sua poesia, para o mundo todo conhecer a sua arte. josé simão vieira viu em mais ou menos um minuto toda a sua vida passar naquele par de telas pequenas e redondas esferas azuis e disse: — quanto eu levo nisto? o alemão suspirou fundo arregalou bem os olhos e agora com um sorriso triunfal, exclamou: — um milhão, está bom?

— aqui e agora. respondeu josé, numa frase que odiava, assim como sempre odiou qualquer transação comercial, ele nunca ia ao banco ou supermercado, deixando tudo isto sempre por conta da mulher e o alemão: — só preciso ir até o carro. e saindo voltou com uma pasta que colocou sobre a mesa. abriu, tirou alguns papeis que estavam por cima, revelando assim não a soma que josé esperava, mas sim um milhão de dólares em notas de cem. josé conferiu maço por maço, passando o dedo em cada nota e sentindo a textura real que ele já conhecia dos trabalhos na policial. o alemão lhe estendeu os papéis, todos preparados, um contrato claro, bem feito. josé leu e assinou. o alemão estendeu-lhe a mão, que ele apertou e olhos nos olhos, despediram-se. por último o alemão sorridente disse: — até a estréia, senhor josé, mandarei os convites. josé trancou o portão, fechou a porta da sala e chamou a esposa para ver o dinheiro e o contrato. ela não acreditava no que via, leu e releu, conferiu o dinheiro e olhou para o seu poeta arriado no sofá, trêmula, sem saber o que dizer, foi até a cozinha e trouxe o resto do suco de pitanga que tomaram e silêncio que dava para escutar o suco descer por suas gargantas.

três longos anos se passaram sem nenhuma notícia do alemão ou do filme. a rotina do casal não se alterou em nada, apenas o dinheiro foi trocado e guardado no banco.

numa manhã de segunda-feira, ao completar exatamente três anos da visita do alemão, chegaram os convites: dois para a estréia do filme, local da estréia com todo o requinte, o velho cinema que josé via seus filmes suecos, dia 3 de março ou seja faltavam apenas 3 dias para que josé pudesse finalmente ver sua obra representada na tela pelo ilustre artista alemão. dia da estréia: com toda a pompa jamais vista na cidade, lá estavam josé, sua esposa, seus filhos e todos os seus amigos, sem contar todas as autoridades em arte e o capeta a quatro. finalmente apagaram as luzes e o filme começou, desta vez josé não pode ter o seu filme paralelo, pois simplesmente o filme do alemão era o cérebro de josé simão vieira, todos os seus costumeiros devaneios, a mesma luz, a mesma esperança... era como se o alemão tivesse penetrado nos seus segredos, no seu remédio. josé assistiu a tudo como um hipnótico em transe, surdo para tudo que não fosse o filme e assim que terminou, pegou a esposa pela mão e a arrastou, assim como juntos arrastaram um par de risadas doentias, que imobilizou a todos, risadas que fizeram eco por todo o cinema, congelando todos que ali estavam.

no dia seguinte josé e sua esposa deixaram a cidade. contam que na bagagem, apenas a bicicleta italiana. foram para a noruega, lá eles pedalam todos os dias, a casa tem um murinho baixo, as bicicletas ficam na varanda e josé e sua amada estão restaurando um velho barco, nunca mais assistiram filmes, leram livros ou conversaram com artistas. este texto é o último de josé, nesta língua tão estranha para os noruegueses.

POSFÁCIO

Antonio Vicente Seraphim Pietroforte*

Herdeira do pensamento de Ferdinand de Saussure — considerado o pai da Lingüística Moderna — a Semiótica proposta por Algidar Julien Greimas concebe o sentido enquanto construção, e não como referência a "coisas" ou "fatos". As realidades, nesse ponto do vista, são o resultado de visões de mundo, que orientam modos de se referir. Isso faz da objetividade um efeito de sentido, pois vai de encontro à identificação entre ser objetivo e mostrar a maneira concreta e impessoal de significar as "coisas do mundo".

Tradicionalmente, distingue-se o sentido dos signos em denotativos e conotativos. O primeiro é dito adequado e objetivo, e reserva-se para o segundo as características de desvio de uso e de promoção da subjetividade. Denotação e conotação, contudo, não são questões lexicais, mas discursivas, visto que é no discurso que se determina o sentido assumido pelas palavras. A palavra "proa", por exemplo, em um tratado de navegação, significa somente a parte da frente do navio, não significa também a cabeceira da mesa do banquete, como no conhecido poema *Salut*, de Mallarmé. Em termos discursivos, a articulação entre os temas do banquete e da navegação garantem a metáfora da palavra "proa" no soneto; nos tratados de navegação, há apenas a presença do

---

* Professor do Departamento de Lingüística de FFLCH-USP. Semioticista e escritor, autor de *Semiótica visual — os percursos do olhar* (1. ed, Contexto, 2004; 2. ed, Contexto, 2007); *Análise do texto visual — a construção da imagem* (Contexto, 2007); *Tópicos de semiótica — modelos teóricos e aplicações* (Annablume, 2008); *Amsterdã SM* (romance, DIX, 2007); *O retrato do artista enquanto foge* (poesias, DIX, 2007); *Papéis convulsos* (contos, DIX, 2008); *Palavra quase muro* (poesias, Demônio Negro, 2008); *M(ai)S — antologia SadoMasoquista da Literatura Brasileira* (DIX, 2008), organizada com o escritor Glauco Mattoso.

último tema a garantir a monossemia da palavra. Desse modo, tanto a conotação do significado de "proa" como cabeceira da mesa — quanto sua denotação — são efeitos de sentido.

Quando há apenas uma leitura temática, os signos tendem a assumir apenas um significado, gerando o efeito de sentido de objetividade e de adequação entre o significante e o significado; há a impressão de que há uma correlação direta entre palavras e coisas. A presença de duas ou mais leituras temáticas, contrariamente, faz com que outros significados sejam relacionados aos mesmos signos, gerando efeitos de sentido conotativos, como metáforas e metonímias. Portanto, a linguagem funciona nos limites entre efeitos de denotação e conotação, gerando dois tipos básicos de construção da realidade: há discursos referenciais, predominantemente denotativos; e os discursos míticos, com predomínio da conotação.

Nos discursos referenciais, a linguagem é enfatizada em sua função representativa, em que cabe a ela o papel de construir efeitos de sentido de realidade. Nessa função, a linguagem parece refletir o suposto "mundo das coisas reais". Ao contrário, nos discursos míticos, a linguagem é enfatizada em sua função construtiva, em que cabe a ela o papel de construir visões de mundo. Nessa função, a linguagem se denuncia como formadora de realidades, e deixa de parecer apenas um reflexo do "mundo".

Aplicando essas duas funções contrárias da linguagem à construção de romances, é possível sugerir uma tipologia de como a prosa trata as relações entre a ficção e a realidade construídas por meio dela. Quando o autor se torna personagem de si mesmo, fazendo com que haja interdiscursividade entre suas obras e os discursos a respeito de sua vida, criam-se efeitos de realidade em que tudo se passa como se a personagem e o autor fossem as mesmas pessoas. Na Literatura Brasileira Contemporânea, o melhor exemplo é o escritor Carlos Alberto Mendes. Ex-presidiário, condenado por roubo e assassinato, Carlos Alberto narra na literatura a história de sua vida de crimes e de detento.

Além do predomínio da denotação, ele narra como se convenciona chamar seqüência linear dos acontecimentos, em que se contam os fatos em ordem cronológica. Por isso, mesmo sendo produtos do discurso e da linguagem, seus textos se confundem com sua vida "real".

Joca Reiners Terron, de modo diferente, não faz em seus escritos essa relação entre vida e obra. Em *Não há nada lá*, seu primeiro romance, são contadas as peripécias dos escritores William Burroughs, Raymond Russel, Torquato Neto, Isidore Ducasse, Arthur Rimbaud, Alister Crowley e Fernando Pessoa em torno de um cubo de quatro dimensões e da profecia não revelada da Virgem de Fátima. A seu modo, Joca Terron faz seu delírio discursivo enfatizando a função construtiva da linguagem, criando um mundo mítico dado a existir exclusivamente nas páginas do romance.

Há, no entanto, mais dois processos de uso da linguagem. Se Carlos Alberto Mendes afirma a função representativa e Joca Reiners Terron, a função construtiva, é possível, ainda, negar as duas funções, totalizando quatro regimes de articulação da realidade.

Um romancista pode iniciar suas histórias de modo semelhante ao regime adotado por Carlos Alberto Mendes, e articular a realidade de acordo com a função representativa da linguagem. Contudo, a qualquer momento, pode negar a adequação construída entre a linguagem e a representação do mundo, e introduzir incoerências nessa relação que orientam o discurso rumo ao absurdo. Dentre os prosadores da literatura brasileira contemporânea, Lourenço Mutarelli utiliza esse processo nos três romances escritos por ele até então. Em *O cheiro do ralo*, *O natimorto* e *Jesus Kid*, as personagens iniciam suas peripécias em meio à suposta realidade tomada como verdadeira, todavia, em poucos capítulos, já foram introduzidas passagens capazes de negar esse ponto de vista. Em *O natimorto*, a partir dos avisos e fotografias de que fumar faz mal à saúde, impressos em maços de cigarro, o narrador elabora um novo Tarô, com o qual passa a nortear sua vida.

Na negação da função construtiva da linguagem, contrariamente, o autor parte do universo dito fictício para introduzir elementos capazes de negar seu estatuto de invenção e mito. São os recursos literários que, basicamente, Marcelo Mirisola e Glauco Mattoso utilizam: Marcelo Mirisola, em muitas passagens d'*O Azul do filho morto*, parte da desconstrução de mitos da televisão brasileira da década de 70; e Glauco Mattoso, em *A planta da donzela*, parte do romance *A pata da gazela*, de José de Alencar, e rearticula suas personagens em clubes sadomasoquistas, cruzando passagens de Alencar com as de antropólogos e historiadores.

Ao estudar esses quatro modos de construção da realidade, Jean-Marie Floch nomeia quatro regimes discursivos:

modo representativo	modo construtivo
discurso referencial	discurso mítico
negação do modo construtivo	negação do modo representativa
discurso substancial	discurso oblíquo

Os quatro modos de articulação da realidade são regimes de realização do discurso, disponíveis no aparato formal da enunciação, que podem ser utilizados de acordo com a engenhosidade retórica.

O romance *BR infinita*, de Robson Corrêa de Araújo, pertence aos regimes que derivam para a negação da função representativa da linguagem, sua meta é a construção e a afirmação de uma mitologia particular. Estas são as primeiras frases do texto:

> Vou escrever bem escrito, o sentido do rito, um branco onde é servido o ritual, uma trilha que faz seguir olhos, sem parar e tomar fôlego no caminho, rumo a milhares de imagens desconhecidas.

Há a enunciação de um rito; em termos pragmáticos, há o que o que Austin chama enunciado performativo. Como nas juras e promessas, em que o ato de fala não constata realidades, mas inaugura ritos sociais por meio da linguagem, a primeira oração de *BR infinita* inaugura o ato literário e o ancora na função mítica da construção da realidade. Trata-se de "escrever bem escrito", o compromisso do autor — explícito no verbo conjugado na primeira pessoa do singular — é antes com o engenho literário que com o reflexo da realidade; "o sentido do rito", entre outras funções sintáticas, pode ser o objeto direto do verbo escrever — vou escrever o sentido do rito bem escrito; "escrever o rito escrito" pode significar tratar do rito escrito e realizado através e por meio da linguagem.

Nega-se a função representativa do discurso, o enunciador do texto apresenta-se como o responsável pelo olhar oblíquo que traduzirá a "realidade" em mitologia pessoal no branco do papel — como Mallarmé, no poema *Salut*, e Augusto de Campos, no poema *Anticéu* — um branco onde é servido o ritual, uma trilha que faz seguir olhos.

A metáfora da Rodovia, sugerida no título, adquire sentidos mais específicos; não é apenas trilha, mas trilha da linguagem. A partir disso, começa o delírio figurativo, fruto da construção do enunciador, que dá forma a si mesmo enquanto forma o mundo em que está imerso:

> usar barra d'ouro na frase dividindo pensamento quebrando a maré linha de prata diagonal o lado do peixe voltado para a luz da tarde a nau vista do cais saudade de são sebastião coloquei pequena embarcação com recipiente de álcool dentro da bacia de alumínio movi toda a infância e o papel barco na enxurrada de palavras vai para o bueiro papel avião não retornarás protegido desde o início caminho antes de correr inteligível sou sozinho e não vou vencer o dragão pois gosto do fogo assino a sentença de enforcamento e fico com a moça no choro na sepultura afinal quem é morto quem é vivo a mosca as badaladas o cessar do martelo foice no voo da araponga

Uma vez capturado pelo fluxo da linguagem, o enunciador e seu percurso na enunciação — antes de se conformarem com a construção de um único mundo possível, que remeteria o discurso à sua função referencial — abrem-se em vários paradigmas, promovendo a difusão do sentido em meio à própria linguagem. Tudo se passa como se a linguagem guiasse o enunciador, que apesar de inaugurar a enunciação na primeira frase de *BR infinita*, é imediatamente colocado e construído nela.

Sujeito ao aparato semiótico que dá forma ao sentido, o enunciador se faz em palavras na semiótica verbal do romance, e é através delas que o "mundo existe". Um mundo verbal, por isso o delírio lexical em que o enunciador-narrador navega e leva consigo o enunciatário leitor.

Um mito metalinguístico, sem dúvida, em que se aposta na eficiência da linguagem como fonte, e não como reflexo do mundo e do que acontece nele - para Robson Corrêa de Araújo, deve-se dar atenção, como diria Greimas, ao ser do sentido e não ao sentido do ser.

Este livro foi composto em Times
pela *Iluminuras*, com filmes de
capa produzidos pela *Forma Certa*
e terminou de ser impresso no dia
28 de novembro de 2008 na
Associação Palas Athena, em São
Paulo, SP, em papel Pólen Soft 70g.